バタフライ

阿野　冠

集英社文庫

目次

バタフライ

第一章　アルカイック・スマイル

お答えください。

「あなたの人生のラッキーナンバーはなんですか？」

こんな投げやりな質問を、街頭インタビューで尋ねられたらどうしようか。細かいシチュエーションはこのさい気にすんな。あくまで仮定の話だからね。

俺なら迷わず「18」と答える。

野球のエースナンバーだし、AMラジオの周波数はだいたいどの局も足すと一八になる。そして何よりも俺の実年齢だ。

逆に忌々《いまいま》しい数字は「44」。それは　いまの俺にとって母校の息苦しい偏差値だった。進学率は八〇%近いが、その大半は推薦枠で三流大学におさまり、卒業後は非正規社員として永い時をやりすごす。

俺が通っている牛込《うしごめ》高校は都立の中堅校だ。中堅といえば聞こえはいいが、その下には五校の工業高校しか見当たらない。元をただせば、牛高も昔は女子商業高校だった。六年前に男女共学に切り替わった。だが男女比は二対八。実質的には女子校のままだ。

その上、都の英語教育推進高校なのでハーフやクォーターがわんさかいた。学力不足、もしくは経済的理由でインターナショナルスクールへ行けなかったフィリピン系女子たちの聖地となっている。おかげで南風のように生ぬるい校風。女生徒のスカート丈の短さだけが都立高校の最上位にランクされていた。

ふいにジョン・レノンの『イマジン』が天空から降りそそぐ。

校庭の芝生に寝転がっていた俺はつられて歌詞を口ずさむ。宗教も国境も戦争もない世界。そこには学歴はないだろう。あるのは、きっとオノヨーコとの激しいセックスだけだ。

「お出ましだな。去年より三日ほど早い」

俺は半身を起こし、右脇に視線を向けた。級友のソロモンは花壇のそばでキャメルをくわえていた。その日陰は職員室からの死角になっている。昼飯後に一服するにはうってつけの場所だった。

ソロモンがニヤリと笑った。

「恒例行事かよ」

「そう、バタフライ・エフェクトだ」

「なんだよ、それ」

「日本の真裏のブラジルでおきた一陣の風が、遠く離れたオレたちの頬を心地好くなでるってことかな」

「つまり、風が吹けば桶屋《おけや》がもうかる」

「外れてるけど、それに近い」

「その風はアフリカにも届くのか」

ケニア出身のサックス奏者を父親にもつ級友は、いつも夢見がちだ。マサイ族の末裔《まつえい》で視力はケタ外れだった。ワンブロック先の路上に落ちている百円硬貨も見逃さなかった。

ソロモンの本名は、『武藤・M・ソロモン』。

進級試験の際にいつもカンニングさせてやっているので、微妙な上下関係ができていた。昼休みには、かならず二人でつるんでいる。

「熱帯の蝶の羽ばたきが、めぐりめぐって牛高生のスカートをめくりあげる。ジョンもじっとしてはいられない」

「よくわかるよ。シローの言うとおりだ」

俺らは女子高生狙いの変態たちを「ジョン」と総称している。

そして、『イマジン』は「ジョン出没！」の合図だった。けたたましい警報の代わりに牧歌的なメロディを屋上のスピーカーから流す。犯人にさとられず、女生徒たちの貞操を守り抜く。わが母校には、そんな古典的なヤマトナデシコなど一人も見当たらないけどね。

黒革の野球グローブみたいな手で、ソロモンは吸殻《すいがら》をグリッと花壇にねじ込んだ。俺は上ばきを履き直す。ヒモの蝶の部分を二重に固結びした。

新宿の片隅でハーフのソロモンが生まれてきたことからもわかるように、愛はすでに国境を越えている。だが、この世には禁断の愛もある。女子高生のスカートの中を覗《のぞ》き見るという自然な行為は、法治国家ではけっして許されない。

インターネットで『女子高生』、『盗撮』を検索すると、なぜかトップに牛込高校のホームページが出てくる。グーグルの立体地図には、くっきりと女子更衣室の素通し窓が映っている。これではワールドワイドに毒虫たちに招集をかけているようなものだ。

赤っ鼻の中年男が、サスマタを左脇に抱えて走り寄ってきた。

歴史教師の佐竹はタチの悪いパフォーマーだ。お祭りごとが大好きで、体育祭や文化祭では半裸になって踊り狂う。入学式の国歌斉唱では紋付《もんつ》き袴《はかま》姿で『君が代』を熱唱する。

校内随一の嫌われ者だが、なぜか俺とは波長が合う。さっそく、サスマタ片手に佐竹が大見得をきった。

「賊出没ッ」

「大捕物ですね」

「手を貸せ、鰐淵四郎《わにぶちしろう》。変態野郎は外階段を上がって女子更衣室に入りこんだ」

「先生、今日も飲んでますね」

「これは健康促進の養命酒だ」

「オレにどうしろと」

「侵入者を生け捕りにしろ。それだけの責務が学年一位の成績優秀者にはある。牛高の番長はおまえだ」

俺を勝手に番長にまつり上げ、佐竹は黒ぶち眼鏡を左手の中指でツンと突きあげた。

風紀担当なのだが、本人がまっさきに取り締まられるべき人物だった。二十数年前に教え子の女生徒を孕《はら》ませ、捕まる寸前に自分の嫁にして罪を逃れたと豪語していた。反省の二文字など彼の辞書にはないらしい。

やたら口が臭いのは、授業中も持参のイモ焼酎を飲んでいるからだ。

「了解。この場はオレとソロモンにまかせてください」

「ヘルニアだから、手柄は若いヤツにゆずる」

「ちょっと借りますよ」

防犯用具のサスマタをかっさらう。その場に半病人を置き去りにして、俺とソロモンは体育館横の第二棟へ走り出す。

外階段を駆け上がると、二階の扉がひらきっぱなしになっている。気配を消すように足を止め、俺たちは踊り場の壁にそっともたれた。厚さ二〇センチのコンクリの向こうにはジョンがいる。

俺は息を整えた。

ソロモンが余裕ありげに言った。

「安っぽい刑事ドラマみたいだな」

「ありきたりなオープニングさ」

「あんまりしゃべるのやめとくわ。陽気でおしゃべりな黒人の相棒は映画の中でかならず死ぬからな」

ソロモンはお決まりのブラックジョークを言った。

俺は軽くうなずいた。

「そうなる確率はきっと二分の一」

「あ、そうか。俺、新宿生まれのハーフだっけ」

「平均的日本人らしく両目をしっかり細めとけ」

「こうか」

ソロモンはぶっとい指で目尻を外がわにひっぱった。すると横一文字の切れ長の目に変形した。

「何やったって唇がでかすぎる」

「うるせぇ、短足野郎」

俺たちは定番の子供じみた掛け合いで笑い合った。

『イマジン』が三番に入る。

洋楽に三番とかいう概念があるかどうか知らないが、「財産」と「人類愛」のくだりのとこね。つまりは、そろそろジョンが校内に侵入して三分経《た》ったってことだ。

「どうする、突入か」

眉間に川の字をつくったソロモンが尋ねる。

「その前に役割を決めよう。ガンジーかマルコムXか」

「どっちもメガネかけてんな」

「ソロモン、おまえは過激なほうのメガネくんな。ほい」

俺は佐竹専用のサスマタをソロモンに手渡した。柄《え》の部分には、佐竹がスローガンとする『愛国精神』の四文字が彫ってある。

「シロー、その二人はどっちが強いんだ」

「暴力でも非暴力でも理想は実現できない。歴史上の人物はすでにみんな死人だ」

「おまえといるとほんとに賢くなるよ」

ソロモンは鼻下を親指の先っぽでこすった。それから口を大きくひらいて舌を突き出す。これは暴れる前にだけ出るチックみたいなもんらしい。

黒くて柔らかい首筋に、頸動脈《けいどうみゃく》の青が映《は》える。

俺は聖人きどりで両手を合わせた。

「神のご加護を」

「そのセリフ、善良な黒人が死ぬっていう前フリにしか聞こえねぇ」

「行ってこい」

「あいよ」

ソロモンは半笑いの顔で女子更衣室に突入した。

こういう時に、こんなやつが友だちでよかったたって思えるんだ。ソロモンは人生をなめきっている。一九〇センチを越える図体が、ヤツに軽口を叩《たた》く余裕を与えていた。今、合法的に暴力をふるえる歓《よろこ》びにひたり、真っ赤な舌を何度もヌルッと突き出した。

俺はガンジーと同じく非暴力主義者だ。血を見るのも嫌いだし、他人の顔面を殴ったことなど一度もない。

でも、冒険は好きなんだ。

できれば生きている間にあくびをくりかえしたくないからな。

「……ごめん」

数瞬後、ソロモンの気弱な声が室内から聞こえた。そして半笑いの表情を固定したまま女子更衣室から出てきた。

静かにドアを閉めると、にやけた顔をこっちにむけた。

「やっべぇ」

「なにがあったんだ、ソロモン」

「中で女子が着替えてた」

「ジョンはいなかったのか？」

「ああ。もうちょっと早く入れば下着姿を見られたのによ」

「ちょっと待て。捜査が甘くないか」

「俺は昔から見落としが多い。シロー、おまえの出番だ」

俺はドア越しに女生徒へ声をかけた。

「聞こえてるか。イマジンが鳴ってる」

か細い声がすぐに返ってきた。

「良い曲ですね」

「だから、避難命令が出てんだよ。不審者が校内に侵入した」

「……それは大変」

「早く着替えて、教室に戻った方が安全だよ」

「はい」

短く答え、女生徒が更衣室から抜け出してきた。全身が肉感的にむちむちと張っている。頬を赤チークで塗り固めた流行《はや》りの二日酔いメイクだ。

彼女は顔の輪郭を隠すように肩まで髪を下ろしていた。小さな声量のわりに、容姿はゴテゴテと派手な印象だった。

俺は注意をうながした。

「イマジン警報を知らないってことは新一年生だね」

「そうです。実際にそうなんですよぅ」

女生徒は伏し目がちに言った。

語尾が妙に間延びしていて甘ったるい。

「女のコが多いから、この学校は変態のターゲットなんだよ」

角顔の女生徒は、『変態』という言葉にビクッと両肩をふるわせた。

こんなウブな反応をするのは新入生だけ。週に一度、ジョン・レノンの歌声を聴けば免疫ができてくる。当初はビクついていても、いずれはイマジン警報の中で平然とアイラインを塗りなおす。

変態たちが妄想するスカートの中身には、じつは厳しい上下関係がある。一年生女子は純な白パン、二年生は粋な黒パン、最上級生になると無敵の満艦飾《まんかんしょく》だ。

事務的な口調で俺は言った。

「早く教室に戻りなさい」

「そうしますぅ」

茶色いカラコンの瞳が妙に乾いている。女はきっちりと一礼し、俺たちの脇を通り抜けて外階段へ向かった。歩幅八〇センチの大股で、後ろ姿はアメリカン・ピットブルのように精悍《せいかん》だった。

俺とソロモンの目が合った。一年生の教室は第一棟の三階にある。外階段を使ったら永遠にたどり着けない。

俺は相棒に告げた。

「ジョン発見」

「嘘《うそ》だろ。それはない」

「追跡開始。ヤツは男だ」

「そう言われてみれば、そんな気もする」

「オレはガンジーを継続。おまえはマイク・タイソンに昇進だ」

「よし、耳を食いちぎってやるッ」

スイッチの入ったソロモンは校舎を壊しかねない勢いだった。

俺は階段口に出て女生徒モドキを見降ろす。彼女は正門をめざして全力疾走していた。

まくれ上がったスカートから白く丸い臀部《でんぶ》が露出している。

「見ろよ、ソロモン。本田圭佑《ほんだけいすけ》の無回転シュートみたいだ」

「ケツがぶれまくってる」

俺たち二人は生つばを飲みこんだ。

女生徒モドキのジョンは、惚《ほ》れぼれするほどの俊足だった。

二段飛ばしで階段を下りたソロモンが、地上でいったん動きをとめた。中学時代に交通事故で左脚を折ったとかで、全力疾走はできないらしい。ゆっくりと大きなストライドで追走しはじめた。俺もその後をだらだらと走った。

危険を察知したジョンがちらりとふりかえった。その拍子に両足がもつれて花壇脇に倒れ伏す。

「ちっ、Tバックかよ」

三メートル前方でソロモンが舌打ちした。

俺はといえば、とっくに息が上がっている。校舎の窓には女生徒たちが鈴生《すずな》りになってキャーキャーッと騒いでいた。遠めに見れば、サスマタ片手の二人組が、か弱い女に襲いかかる図柄だ。

だがギャラリーに状況説明しているヒマはない。ジョンはすばやく立ち上がり、駐輪場を突っ切って校外への脱出を試みた。

ソロモンが足をゆるめて問いかける。

「あと五〇メートルで正門だ。どうする」

俺は併走しながら答えた。

「どうでもいいや」

「捕まえないのか」

「見た目だけで判断しちゃいけないだろ」

「俺もこんな容貌だから、フツーに歩いてても毎晩のように警官の職務質問に遭う。言いたい意味はわかるよな」

「よし、見逃そう」

俺たち二人は桜の樹下で立ちどまった。こっちの思惑など関係なく、ジョンは逃げることに必死だった。

ソロモンがぽつりと言った。

「ジョンはまた戻ってくる」

プールびらきや体育祭が始まれば、多種多様なジョンたちはブーメランのように牛高へと舞い戻ってくるだろう。

ボーダーラインの正門を越えれば、ジョン1号は無罪放免となる。正門を見やると、青いジャージ姿の巨漢がダブルチーズバーガー片手に入ってきた。

俺は慨嘆《がいたん》した。

「……そそり立つ壁だ」

史上最低最悪の級友。その名は王明陽《おうみんよう》。こいつは味方につけても何の役にも立たないが、敵にまわすと死ぬほど怖い。

全身が脂肪と悪知恵のかたまりだった。

漢民族の優越を謳《うた》う中華思想の信奉者で、いったん標的にされると次々と物を盗み取られ、しつこく殴られ蹴られて身ぐるみ剝がされてしまう。

脱出寸前、ジョン1号は不運にも魔王に遭遇してしまった。避けきれず、一三〇キロの肉壁に正面衝突した。

ソロモンが桜の枝先を無造作にちぎり取った。

「やっちまったな」

「王に睨《にら》まれたら終わりだ」

やわな二輪車がドイツのタイガー戦車にぶつかるようなもんだ。

ジョンはその場に突っ伏した。その拍子に、王が後生大事に持っていた巨大ハンバーガーも地面で破砕した。塩分過多で身体に悪いもの、それが王の嗜好品《しこうひん》だった。

王がギョロ目ですごんだ。

「おまえ、なにしてくれんだよ」

大事なジャンクフードを取り落とした王の手が、相手の上着をわしづかみにする。そのまま剛腕で力まかせに引っ張りあげた。着衣がズルッと手品のように破れ落ちて素肌が露出する。ジョンは丸裸の北京ダックと化した。

「お、すげぇ」

俺とソロモンの声がそろった。

ジョン1号の青白い胸板には、びっしりと剛毛が密集していた。

いや、ジョンじゃなくてフレディだ。女生徒モドキの変態は、ジョン・レノンではなくて、胸毛ボーボーのフレディ・マーキュリーだったのだ。

王が中国語で一喝した。

「ツァオニマ！」

意味は「ファック・ユー！」

それが王の口ぐせだ。

フレディの大脱走は、万里の長城に阻《はば》まれた。

その時、たおやかな『イマジン』の音色をかき消すように、昼休みの終わりを告げるチャイムがけたたましく鳴りだした。

実に気まずい。

三階の美術室にたどり着くまでに、手をからませた十組以上のカップルに行く手をさえぎられた。昼休みの廊下はまるで週末の竹下通りのごとくだった。

牛高の男子生徒は恵まれてる。どんなクズでも四人の女があてがわれる計算だからな。青春したい一六〇人の女生徒は、だらしない四〇人の男の中から運命の王子を見つけ出す。だから信じられないカップルが校舎の片隅で誕生するってわけだ。

バスケ部の女エースと野球部のチビ男子。

軽音楽部の女ボーカルと無線部のロリコン。

ダンス部の女部長とのろまな留年生。

すれちがうカップルは多幸感に満ちている。しかしよく見ると、男子生徒らはそろって赤濁りの死魚の瞳だった。パートナーの作るクソまずい弁当を、毎日仲良く食っているとこうなるらしい。

「お、今日もカレーかい」

留年生の渡辺正樹《わたなべまさき》に声をかけると、こっくりとうなずいた。

「見てのとおりさ。毎日スープカレー弁当だから、顔まで黄色くなっちゃった」

「幸せそうでなによりだ」

「そう、ぼかぁ幸せだぁ……」

覇気《はき》のない表情で、渡辺は自分に言い聞かせていた。

最上級生になった時には、男子の大半は母なる川に遡上《そじょう》した雄《おす》シャケのごとく消耗しきっている。

すべては一年の時に結ばれた『純潔の誓い』のせいだ。

その内情は涙なしには語れない。

偏差値44レベルの男子たちは、入学したとたん人生の最高値がつく。いわゆるインフレってやつだ。選抜された可愛い女生徒らが次々にすり寄ってくる。そして五月末に行われる八ヶ岳《やつがだけ》三泊四日懇親キャンプ後には、不揃《ふぞろ》いなカップルが四〇セットできあがる。

そこが地獄の一丁目だ。

卒業するまでの三年間、男子生徒は貞節を守り通す。女子は青春を満喫し、男子の性欲は保証される。話だけ聞けば良いことずくめで、道徳的にも優れていると映るだろう。

ただ、世界の歴史をざっとふりかえってほしい。多数派が少数派に押し付けるルールで、まともなものが一つでもあっただろうか。

つまり、この『純潔の誓い』は圧倒的に男子が不利なのだ。

パートナーを替えようとしたら、たちまち女たちの蹴りが四方からとんでくる。男の自由恋愛は死を意味した。自分の机の上に菊の花が供えられ、この世にいないものとされた男子生徒たちは牛高を去るしかなかった。

もちろん、多数派の女子は他校の男子と浮気し放題だ。誰も注意などできない。それは幸福度ナンバー1のブータンがアメリカ合衆国に喧嘩《けんか》を売るようなものだ。諦観した男子生徒らは、三年の刑期をくらった模範囚としての日々を送る。

男二人で、購買部の惣菜《そうざい》パンを食う俺とソロモンは異端だった。

そしてもう一人。

池袋駅前のレストランで豪華なランチをとる王明陽は、のうのうと昼過ぎから登校していた。こいつは論外だ。

俺は廊下のどんづまりにある美術室に入った。最前列の真ん中の席でソロモンが手招きをしている。

「席取っといたぜ」

「ありがとよ、相棒」

右隣に着席すると、ソロモンがスマホでエロ画像をあさりだした。

「お、ベリーダンサーか。縦長のへそがヤバいな」

「ダンスが上手い女はセックスが下手だ」

「興味深いね。ソロモン、おまえは外人枠の熟女専門だし」

「連中はセックスをアートだと思ってるから最悪なんだ」

「体験談だよな」

「ああ、いまのセフレは年上のバックダンサーだ。変に型が決まってて冒険ができない。その前はロックダンサーともやったけど、アドリブ至上主義で正常位を嫌う。ブレイクダンサーが一番ひどいな。ベッド上でクルクル回り、こっちの三半規管がやられちまう。でもみんな良い女ばかりだったけど」

「最後の付け足しは卑怯《ひきよう》だぞ。さんざんボロクソに言っといて、最終的に良いヤツになるじゃないか」

「なら、女って何なんだよ、シロー」

ソロモンはたまに哲学的な質問をする。きっと手っ取り早く物事の本質を知りたいのだろう。

あいにく俺は答えを持ち合わせていなかった。

言葉の早撃ちを身上としてきたが、女はいちばん苦手な分野だ。フロイトでも引用するべきか。でも、そんなの面白くないよな。

なにせ周辺が若い女だらけなので、かえって思考の整理がつかない。どうにか機転をきかせ、俺は思わせぶりに言った。

「女は女さ」

「うまく逃げたな」

「ほかに例えようもないだろ。男ならクズの一言ですむけどな」

「くっだらねぇ」

「じゃあ、おまえにとってセックスって何だ」

「パワーに決まってんだろ」

「きっとそれが正解だな」

「ちょっとションベン」

ソロモンは通学バッグを手に美術室から出ていった。いったん退出したら、新宿の風来坊は戻ってこない。

始業のベルが鳴った。

室内には甘ったるい体臭が満ちている。俺の背中に女生徒らの無遠慮な視線が突き刺さる。どうやら白昼の追跡劇を見ていたらしい。『レイプ魔』と囁《ささや》く声も聞こえた。噂《うわさ》は広がり、放課後には『死体偏愛者』くらいにはなっているはずだ。

フィリピン系女子グループのタガログ語を聞きながしていると、背中にチクリと痛みが走る。ふり向くと、後ろの席で立花由紀《たちばなゆき》がボールペンをカチカチと鳴らしていた。

「鰐淵くん、昼休みに何があったか教えて」

「追いかけっこだよ」

「大変ね。いつも女子を守ってくれてありがとう」

「オレはなーんもしてない。現場に突入したのはソロモンだし、変質者にとどめを刺したのは王だ」

「いつものお仲間ね」

「王とは話が通じないけどさ」

俺は事の顛末《てんまつ》を手短に話した。

ジョン1号を叩き伏せた王は、獲物を背にかついで意気揚々と職員室へ向かった。風紀担当の佐竹に侵入者を突き出し、日本史の評点を少しでも上げようとたくらんだようだ。

だが、切れ者の下柳《しもやなぎ》校長の判断は現実的だった。女子更衣室に侵入した変態男は何も盗んでいなかった。ひたすら自身の女装を楽しんでいただけだ。そう結論づけ、傷だらけのジョンをただちに解放した。

ジョンの肋骨《ろっこつ》をへし折って半殺しにした王は、逆に過剰防衛にあたるとして校長から叱責《しっせき》された。もし警察沙汰になれば、牛高の名がさらに喧伝《けんでん》されて変態どもの黄金郷と化すことを懸念《けねん》したらしい。

「王くんは別次元の生き物だね。その上をいくのが下柳校長」

由紀は笑いながら左手で髪の毛を後ろに流した。

派手好きな女生徒たちの中で、かたくなに黒髪を守っているのは由紀だけだ。同じ赤坂育ちで、俺とは幼なじみだった。身体能力が高く、中学生までは東京スイミングセンターに通っていた。バタフライ泳者の彼女は関東大会で優勝経験もある。

俺も何度か観戦に行った。あざやかなドルフィンキックの白い水しぶきは、今もしっかりと脳裏に焼きついている。

思春期になると細身の体が丸みを帯び、いまは化粧っ気のない十八歳女子に落ち着いた。俺と同じ成績上位者だが、並の容貌なので女子カーストの中では下位グループに入れられていた。

俺とは何でも気軽に話し合える仲だ。

いちばん訊《き》きたいことを、俺はさらりと口にした。

「由紀と同じスイミングセンターに通ってた、ほら赤江純子《あかえじゅんこ》さんのことなんだけどさ」

察した由紀がボールペンを胸ポケットにおさめた。

「純子なら、こないだ表参道で会ったわよ。最難関の慶應義塾大学法学部を受験するって言ってた」

「彼女ならどこを受けても合格する」

「それと彼氏ができたらしいよ」

「……そりゃよかった。いや本当に」

動揺を抑えきれず、俺はもの問いたげな表情になった。

赤江純子は高嶺《たかね》の花だ。

偏差値だけでなく、社会階層がちがいすぎる。子供の頃は気がつかなかったが、今なら理解できる。俺たち親子はずっと社員寮で暮らし、社会の底辺でくすぶっていた。

一方、純子の父親は製薬会社の社長で、本人は学習院女子高等科へ通っている。当然、俺との接点は希薄だった。子供の頃からの顔見知りだが、教会の日曜ミサで言葉を交わすていどの仲だった。その教会も、ここ三年ほど行っていないので、彼女と逢《あ》う機会もなくなってしまった。

でも、好きなものは仕方ないだろう。

痩身の教諭が入室し、由紀との会話は中断された。美術教師のアルカイックは今日も笑顔だった。

本名は有賀育夫《ありがいくお》という。古代ギリシャフリークの俺がつけたあだ名の『アルカイック』とは、BC七〇〇年代から四八〇年代までの古代ギリシャ美術の総称だ。

特徴はどの彫像もアルカイック・スマイルと呼ばれる薄気味悪い笑みを浮かべていることだった。代表的な作品は『瀕死の戦士』。横たわって絶命寸前の戦士の彫像は、題名とは裏腹になぜか少し笑っている。その不安定な姿に、俺は限りない哀愁と深いミステリーを感じる。これは古代ギリシャ人が伝えたかった『死ぬほど痛いと笑っちゃう』というメッセージなのだと勝手に解釈していた。

アルカイックの頭髪は整髪料できっちりとセンター分けになっている。そして顔にはねっとりとした脂《あぶら》っこい笑顔が張り付いていた。

　美術教師は女性的なクネクネした所作で話しだした。

「予告したとおり、今日は校舎内の風景を描いてもらいます。自分の好きな所に行っていいけど、あんまり騒がないでね。うまくシャセーするコツは、息を整えて気持ちをこめること。一学期の評点はこの写生画でつけるから。じゃあ、始めましょう」

　アルカイックがポンと手を叩く。

　それを合図に生徒たちは席から立ち上がる。手持ちぶさたな美術教師も連れだって教室から出ていった。

　俺と由紀は目配せをした。わざともたつき、美術室に二人だけの状況をつくった。

「由紀、今回も頼むよ」

「いいわよ。そのかわり現代文の宿題よろしくね」

「もうできてる。あとは君の字で写すだけ」

「ありがたくいただくわ。新聞の懸賞論文で優秀賞に輝いた大先生の文章だもんね」

「それは口外無用。王やソロモンが気分を悪くするだろうし」

　俺はしわくちゃになった紙を手渡した。

　由紀はレポート用紙を受けとり、ふいに思いつめた表情で俺へ焦点を合わせた。

うろたえぎみに俺は立ち上がる。

「由紀、絵は一緒に出しといて」

「よく描けたほうを鰐淵くんのにしとく」

「オレは絵心なんかみじんもないからな」

手先が不器用な俺は工作や絵画が苦手だった。だから美術の提出物はデッサン力のある由紀に作ってもらっている。そのかわり、彼女のゴーストライターとして読書感想文などを二人分書き分けていた。

このシステムの利点は、美術の評点で俺が確実に評点5を取れること。そして何よりも大事なのは、美術の一時間を自由に使えるということだ。

この補完関係は由紀のやさしさでまわっている。

俺は『赤江純子の彼氏』について質問したい衝動を抑え、そそくさと美術室を後にした。


気分転換が必要だ。

俺は一気に階段を駆け上がった。ステンレスのドアを開けて屋上に出る。

もろに直射日光を顔面に浴びた。一瞬、春の日差しに網膜が焼かれて反射的に目を細めた。さえぎられた視界の中で、ぼんやりと巨鯨めいた黒影が浮かびあがる。俺はゆっくりと近づいた。

屋上を占拠できる牛高生は一人しかいない。

「……王明陽」

俺はため息まじりにつぶやいた。

大男はアスファルトに腰をおろし、両足をだらしなく前へのばしている。重すぎる上半身を給水塔の柵にあずけていた。

王はあぐらも体育ずわりもできない。

本人が言うには「香港人《ホンコンじん》には無理」らしい。他人が茶化すと殺人犯並みの凄《すご》みをきかせる。おかげで肥満のせいだとは誰も言えない。狂暴なチャイニーズとまともに会話できるのは、期末テストをカンニングさせてやっている俺だけだ。

成績優良者の俺がいなければ、王もソロモンも三年まで上がることはできなかったろう。ただし、この二名の巨漢は友好関係にはない。義理がたいソロモンは、不潔で怠惰な王が大嫌いだった。

日陰の下でケータイをいじっていた王が顔を上げる。

「シローさん、授業じゃないんですか」

「おまえもそうだろうが」

「王はこれがフチュー」

王には一人称の概念がない。自分のことを『王』と呼んでいる。それはまるで国を統治する残忍な支配者のような響きがあった。

声帯に巻きついた顎肉が揺れている。ただでさえ聞きとりにくい高い声なのに、サ行と夕行も苦手だった。だから俺のことをさん付けで呼ぶが、結局は子供じみた『チローちゃん』となる。そのことを注意すると、『香港人には無理理論』を乱用した。

俺は王の横にすわった。

「ここがおまえの指定席だよな。最初に逢ったときもこの場所にいた」

「昼食後に登校した甲斐《かい》があったヨ。ジョンをかついで職員室に行ったら、校長には叱られたけど、風紀担当の佐竹先生に評点3を約束された」

「あれって5だろ」

「いままでずっと1。日本の学校ってレベルが高い。中国ではお金で進学が買える」

「やはり別次元だな」

「シローさん、もっと中国アルアル聞きたい？」

「話したいのなら聞くぜ」

王は汗だくの左肩を俺の右肩に軽くぶつけた。

「子供の時は卓球のオリンピック候補生だったんだヨ」

「デブすぎて想像できない」

「こっちでいう小学生の時、卓球の国営スクールにいた。切れ味すごいカットマン」

「カットマンはみんな性格が悪いよな」

「しぶとく食い下がってクセ玉を返し、相手の失敗を待つ」

「中国四千年の歴史か」

「そう、卓球は中国の国技だからネ。そこでいろんな人生の勉強をした。良いことも悪いことも。四川《しせん》から来た天才卓球少女が妊娠した事件は忘れられない」

「少女が妊娠……」

俺が眉をひそめると、王が虫歯だらけの口内を全開にして笑った。

「鬼コーチが孕ませた。中国のコンドームは分厚くて破けやすい」

「佐竹みたいなヤツはどの国でもいるんだな。その子は何歳だったんだ」

「書類上は十一歳」

「どういうことだよ」

「本当は二十歳だった。小柄なので年をごまかしてオリンピックをめざした」

「よくあるのか」

「チローちゃん、そういう国なの。一人っ子政策で農村のほうは戸籍がめちゃくちゃ。いったんチローちゃんが始まると、王はずっとそれを引きずる。

「おい、その政策はもう無くなっちまってるぞ。中国も人手不足だしな」

「よく知ってるね、チローちゃん」

「ちょっと待て。おまえ、いま何歳なんだ」

「たぶん、二十三歳かな。来日する時、五歳若返った」

「まったく頭が痛くなるぜ」

王は悪の申し子だった。

実母の王鈴麗《おうりんれい》は、香港マフィアの跡継ぎ娘で絶世の美女だ。新宿歌舞伎町のシマを任され、非合法の風俗店を経営している。

俺も何度か会ったことがあるが、アーモンド型の目と薄茶色の瞳は妖艶だった。ずば抜けた美貌は授業参観で他の母親らを圧倒し、「悪女」と言う単語がぴったりと当てはまった。その魔手は牛高にもおよび、ついには多額な寄付金でＰＴＡ会長の座を手に入れてしまった。

金と女に囲まれて育った王は、ひねくれまくって過食症となったらしい。

ソロモンの精悍な肉体から発せられるのは善美であり、王の肥満体からにじみ出るのは邪悪な肉汁だ。強欲で怠惰で大食いで傲慢《ごうまん》でキレやすく嫉妬深い。七つの大罪には一つ足りなかった。年頃の男なら持っている色欲がなぜか剝落《はくらく》していた。

けれども、俺から見ればあざやかな悪漢だ。二階の窓から教師たちの頭に痰《たん》を吐きかける王を見るたび、大輪の花火を打ち上げたくなる。

ケツをぽりぽりと掻《か》く悪の申し子に俺は意見を求めた。二十三歳なら、たいがいの質問には答えられるだろう。

「ロッカー泥棒のことなんだけどさ」

去年から校内で盗難事件が頻発《ひんぱつ》している。

その被害は拡大する一方だった。防犯対策を任された佐竹は犯人逮捕にやっきになっていた。だが逆に相手から狙い打ちされ、古物商から買った江戸時代の十手を自分のロッカーから盗まれた。

きっと佐竹の先祖は、お上《かみ》に忠実な岡っ引だったのだろう。

王がずばりと言った。

「中国人はみんな泥棒」

「え、おまえが犯人かよッ」

「落ち着いて、チローちゃん」

「目の前に窃盗犯がいて落ち着いてられっかよ」

「王は香港人。だから泥棒じゃない。でも泥棒に囲まれて育ったから、モノを盗む連中の気持ちはとてもよくわかる」

「なるほど」

勉強はからっきしだが、王の悪に対する洞察力は誰よりもすぐれていた。極端に猜疑《さいぎ》心《しん》が強く、常日頃から人の悪い面ばかり見ることを心がけているらしい。

「日本人はみんなガードが甘いヨ。どんなにぼったくられても、うちの風俗店には次々と客が入ってくる」

「それはおまえの母さんがとびっきりの美人だからだ。不思議だな。何でおまえみたいな怪獣が生まれたんだろう」

「見かけはちがっていても中身は同じ」

「深いな、その答え」

王はつるりとした自分の頬を右手でなでた。

「チローちゃん、泥棒にやられまくってるんでしょ」

「たしかに買ったばかりの電子辞書を盗《と》られちまった。ロッカーの鍵を閉め忘れて」

「牛高はね、インターナショナルスクールのマイナーリーグだヨ。みんなお馬鹿でお人好し。とくに王の目の前にいる善人は面倒見がよくて、大事なものや現金を平気でロッカーに入れてるでしょ」

「そんなとこまで見てたのか」

「領土と同じで、盗られたモノは二度と戻ってこない。だから王はこう思う。侵入をゆるさないため、校内のすべての箇所に監視カメラをつけるべきだと」

「あのなぁ、一党独裁の中国とちがって、日本は民主主義国家だ。ジョン・レノンが歌うように自由がなにより大切なのさ。個人のプライバシーを侵すようなことはダメに決まってる。そもそも監視って言葉が嫌いだ。トイレの中まで誰かに見られてるなんて気持ち悪い。とにかく、監視社会は日本にそぐわない」

「チローちゃんッ！」

甲高《かんだか》い声が春空に吸い込まれていく。

王が俺にむかって声を荒げるなんてめずらしい。身の危険を感じて立ち上がった。

「おい、落ち着けよ」

「そうだね、落ち着いて話すヨ。王の父ちゃんは中国民主化運動のリーダーだった。母ちゃんも北京大学出身の有名な女闘士」

「ハァ……」

俺は間の抜けた声をもらした。妖艶な悪女の王鈴麗が、中国民主化運動のジャンヌ・ダルクだとでも言いたいのだろうか。

王の話はいつも荒唐無稽《こうとうむけい》で信憑性《しんぴようせい》がない。しかし今は、母親と同じアーモンド型の目を持つ王の表情は少年僧のようにキラキラと輝いていた。

だからよけい嘘っぽい。

「王が七歳の頃、父ちゃんは国家転覆罪で中国の公安につかまった」

「政治犯か」

「警察官が大勢で踏みこんできた。抵抗した父ちゃんは殴られて血だらけ。手錠をかけられて車に乗せられる姿をいまも思い出すよ。そのあと父ちゃんは厳しい尋問に耐えきれず、母ちゃんをかばうため舌を噛《か》んで死んだ」

「やってないなら、無罪を訴えるべきだろ」

「やった証拠もやってない証拠もない。国の都合でどうにでもできる。人は一瞬の痛みを避けるために一生を棒にふる」

「恐ろしいな」

五歳年上の級友が教え諭すように言った。

「いいかい、チローちゃん。捕まった時点でプライバシーや人権なんてなくなってしまう。あるのは警察による合法的な暴力だけ」

「対抗手段は」

「可視化するしかない」

「なんだよ、それ。急にこむずかしいこと言いだして」

「さっき言ったでしょ。監視カメラが必要。王の父ちゃんがほしかったのは個人のプライバシーじゃなくて、無罪という名の最高の自由。つまり可視化することで冤罪《えんざい》が防げる。自白の強要もできなくなるし、取調室での不公平も緩和される。だから王は世界中に監視カメラをつけたい。とくに警察署の中には室内の四隅に設置すべき」

はーい、この部分はしっかり暗記しといてくれ。

これは、テスト直前の授業で先生たちがしたり顔で言う決めゼリフだよな。そして悪の申し子が語るとんでもない逸話は、いつかどこかの最終場面でかならず役に立つ時がくるからね。


アイポッドからのびる二本のイヤフォンを両耳に装着する。

俺の愛車はママチャリだ。エアロスミスの楽曲を聴きながら駐輪場から走り出る。

ライブ音源のスティーヴン・タイラーが、「クローズ・マイ・アーーイズッ」と耳元でシャウトした。曲に合わせて口ずさむ俺は、最初の急坂ですでに立ちこぎだ。

結局、美術の授業のあとソロモンは戻ってこなかった。俺は港区、ソロモンは新宿区、帰路が同じなので下校時はいつも一緒に帰っていた。今日の放課後は、王に中華料理屋へ誘われたが大盛り専門店なのでスルーした。

これが判断ミスだった。張り子のトラには用心棒が必要だ。どちらかがそばにいれば、加害者になることはあっても被害者になることはない。

手をつないで帰宅するカップルを避け、チャリを加速させる。

すると、坂上で他校の女生徒が手をふっていた。

「あいつ……」

厚化粧で一瞬誰かわからなかったが、鼻の右脇にあるでかいホクロで認識できた。ずっと敬遠してきた立川桃香《たちかわももか》だ。貧乏臭いセーラー服が春風に揺れている。それはまぎれもなく偏差値38の江古田《えこだ》工業高校の制服だった。工業高校の女子は少数なので、どんなみすぼらしい容姿でも好みの男を簡単に落とせた。

そして、ターゲットはたいがい帰途に襲われる。

「シローくん、久しぶり」

「ごめん、今日は急いでるから」

「待って。話があるの」

絶対にそこで振り切るべきだった。

だが俺は、あやふやな気持ちのままチャリのブレーキをかけてしまった。案の定、桃香の背後から小柄な学ラン姿の男子高校生がしゃしゃり出てきた。

金髪で細身のヤンキーほどやっかいなものはない。連中は非力だが、女がらみだと命がけで突っかかってくる。

「テメェが鰐淵かコラーッ!」

スティーヴン・タイラーを上まわる声量だった。俺はゆっくりとイヤフォンを外した。一瞬で危険な状況だと理解できた。なので、できるだけ慇懃《いんぎん》な口調で言った。

「どなたさまでございますか」

「バカにしてんのかテメェ！　俺は江古高の影山雄二《かげやまゆうじ》だ！」

「ちょっと存じ上げかねますが」

「ももちゃんの今カレだよ！」

「あ、お似合いですね。では、失礼」

何事もなかったように一礼し、俺はペダルに足を乗せた。

「行かせないよ、シローくん。三人でゆっくり話そ」

桃香にグイと右そでを引っ張られた。彼女のホクロがクローズアップされて不気味だった。二週間前、こんな女とキスした自分が信じられない。

懺悔《ざんげ》の値打ちもないが、話はこうだ。

その日はポン友の小坂涼《こさかりょう》の十八回目の誕生日だった。通ってる高校は別だが、気心の知れた遊び仲間だ。港区の公園で缶酎ハイを四本空け、俺たちは酔った勢いで六本木のクラブに向かった。

涼が連れていってくれた『シャングリラ』は、思ったより小さくてシンプルな箱だった。入ってすぐ左手にはバーカウンター、右奥にＶＩＰ席。お決まりのミラーボールに照らされたダンスフロアには、一段高いＤＪブースとショーケースが置いてある。

腰ほどの高さの丸テーブルは四つあるが、備え付けの椅子はとっぱらわれている。外国人は少なく、客のほとんどが日本の若者たちだった。

遊び慣れている涼は、俺にとって最良の特別講師だ。

『トイレの前にいる女ってのはナンパを待ってる』

『おごるのは、甘くてキツいカクテルにしとけ』

『狙った女に連れの男がいたら、ハイタッチで場をしのげ』

三分ほどのプライベートレッスンがあり、即席の遊び人ができあがる。一張羅《いっちょうら》の革ジャンを着こんだ俺は、何度も復唱しながらナンパのタイミングをうかがった。

日付が替わった時点で客は大入り。熱気のつぼみは店内で毒々しい花弁を開かせようとしていた。

その時、後ろから肩を叩いてきたのが桃香だった。

女に声をかけられた際の対処法は教わっていなかった。ミラーボールの幻影の下、桃香はすばらしい女に見えた。酔いがまわっていたので鼻脇のホクロさえ魅惑的に映った。

「一緒に踊ろうよ」

雰囲気にのまれた俺は、洒落《しゃれ》た言葉の一つも返せなかった。

「ボックスステップしか踏めないけど」

「何も考えなくていい。感じてさえいれば」

陳腐な誘い文句も、その時は名ゼリフに聞こえた。

ハイヒールをはいた桃香は、俺の手をひいてフロアの真ん中へといざなった。なにもかも彼女のペースだった。タイミングよく、カニエ・ウェストの新譜が投下された。

「踊れないなら、思いきり抱きしめて」

言われるまま、俺は彼女を抱きよせて唇を重ねた。性欲の匂いのほとばしる激しいキスだった。

「おいこら、タコ！　チャリから降りて勝負しろッ」

俺のそばで、影山が声のボリュームを最大限に上げた。

下品な怒声で追想からさめた俺は、今カレのそばにいるホクロ女に目をやった。麗《うるわ》しい幻影は瞬時に消え去り、立川桃香は巨大なひとつのホクロに変身していた。

ここで弱気に出れば、逆に影山の闘争心をあおるだけだ。

俺は低く太めの声で言った。

「人目があるし、まずいだろ」

運よく、坂道で若い女が乳母車を押しているのが見えた。

「わかった。決闘場所はてめぇにまかせる」

「ついてこい」

坂上で自転車を降りた俺は、早まる鼓動を必死に押し隠した。

この場をいったんしのいだとしても、桃香とはアドレスを交換しているので、どのみち逃げきることはできない。

　俺は考えをめぐらせた。

　選択肢はいくつもあるが、自分のペースに相手をひきこむのが先決だろう。

　だが坂上で対峙《たいじ》してみると、影山の背丈は俺の肩にも届かなかった。こんなチビ助なら片手でもひねりつぶせる。

　すると桃香が二人の間に割って入り、良い女めいた態度で言った。

「勝ったほうが私をとる。それでいいよね」

「ももちゃんはそれだけ価値のある女だ。ぜってー勝ち取る」

　チビ助が呼応した。

　いらねぇ、俺は。謝礼金を付けてくれてやる。

　口にはだささなかったが、本気でそう思った。とてもじゃないが、高揚する二人についていけない。

　春の日差しの下で見る桃香はひたすらおぞましい。ケンカに勝ち残って得られるモノは妖怪ホクロ女なのだ。

　だが工業高校の影山に決闘で負ければ、元女子商業高校の番長としての名折れとなる。決断できず、俺は時間稼ぎに徹した。

「まずはメシだ。そこのファミレスで食って行こう」

「なに言ってんだ、こんな時に」

「いや、全部オレのおごりだから」

横合いにいた桃香があっさり承諾した。

「いいわね。あたし、バナナパフェが食べたい」

「じゃあ、俺は抹茶ぜんざい」

これで三十分はしのげる。急にクールダウンした雰囲気の中で、俺は二人に迎合した。

「気が合うな。じつはオレも甘党なんだよ」

ここで仲好くハイタッチとはいかなかった。

影山が自分の姿勢を取り戻し、全剃《ぜんぞ》りの眉毛跡をしかめた。

「これだけは言っとくぞ。俺が注文するのは白玉入りの抹茶ぜんざいだ！」

「わかった。とにかく行こう」

そのあと、一時間にわたって三者の話合いが近場のファミレスで行われた。

俺たち三人はボックス席に腰かけていた。真正面に影山、そして俺の右隣に桃香がすわった。白玉入りの抹茶ぜんざいを完食する間、江古高の影山は血走った眼で何度も同じことを言いつのった。

「ももちゃんは渡さねぇ」

賛成。てめぇにやるからホクロ女を持ってけ。

そう言いたい衝動を、俺はからくもこらえた。桃香は満足げな表情で微笑《ほほえ》み、しきりに口端からバナナ臭をまき散らしていた。

「恨みっこなし。勝った男が私を独占できる」

馬鹿げたセリフを受け流し、俺はひたすら非暴力を訴え続けた。

「どっちが勝っても傷つく。争いに勝者はいないんだよ」

俺たちの会話は完全にメビウスの輪の中をめぐっていた。決闘をやる、やらないの堂々めぐりが五周目まできた時、影山がトイレに立った。

寄り添う桃香が俺の太腿《ふともも》を撫《な》でまわす。

「雄二のこと好きでもなんでもないの。シローくん、あたしを奪って。つっぱってるけど、あいつは江古高の帰宅部だよ。今日のために金髪に染め、眉毛もぜんぶ剃った。虚弱体質で風邪ばっかひいてるし、絶対に勝てる」

桃香があざとくウインクした。やはり思った通りだ。学校帰りの待ち伏せは、彼女が仕組んだ甘い罠《わな》なのだ。はなっから桃香は俺に乗りかえる気だった。

偏差値38から偏差値44へのステップアップ。自分で言うのもなんだが、見た目からIQ、スプーンの持ち方にいたるまで、俺が影山に負けているところは一つも見当たらない。桃香にとっては原付バイクから四輪駆動車くらいの進歩にあたる。

けれども都立トップ校の連中から見れば、工業高校と元商業高校の小競り合いなど目クソ鼻クソのたぐいだろう。

影山がなで肩で風を切りながら戻ってきた。

俺は立ち上がった。ファミレスの窓外に広がる都心の夕陽がやたらまぶしかった。

「おい、出ようか」

「えっ、やる気になったのか」

影山の目元におびえの色が宿ったのを俺は見逃さなかった。

俺とヤツの偏差値の差は6。

誰に何と言われようと、これは決定的な差だ。サッカーだったら絶対にひっくり返せない数字だろう。

俺は会計を済ませ、影山を決闘場所へと連れていった。かつてコンビニだった解体現場の前で足を止める。

「影山、やろうぜ」

「……よし」

「その前に一つ。桃香、男ってのはな、好きな女の前でみっともない姿を見せるのは何よりもつらい。わかるだろ」

「なら、私は電柱の陰で目をつぶってる」

明らかに桃香は俺だけを見つめていた。

そんな穢《けが》れた瞳で見ないでくれ。もし過去が洗い流せるのなら、あの夜のキスを真っ先に消去する。

俺の気持ちは、一時間まったくぶれなかった。

だが桃香との悪縁はどうあれ、ひょっとすると『細身のヤンキー最強説』が実証される可能性もある。

俺と影山は解体現場に足を踏み入れた。

桃香が電柱の陰に身を隠し、大仰に両手で目をふさいだ。

サッと影山がボクシングの構えをとった。俺もゆっくりと大技の態勢に入った。

「驚くなよ、影山ッ」

「来い、鰐淵！」

先に動いたのは俺だった。

すみませんでしたッ！

声にならない謝罪をのべ、俺はその場に土下座した。それはもう、最高の角度で決まった。泥地にきっちりと額をこすりつけた。

刹那《せつな》、周辺に黒い旋風が吹き荒れた。

気配に気づき、思わず俺は顔をあげた。チビ助が魔風に襲われ、真横にふっとんでいくのが見えた。

魔風の正体はソロモンだった。影山に飛びヒザ蹴りをかました相棒は、倒れた獲物をしとめにかかった。急所はちゃんと外しているが痛打の連発だ。

ソロモンが新宿でやってきた喧嘩のルールは、相手が負けを認めないと死ぬまで続くというものだ。しかし、失神した影山はギブアップを示せない。

「ストップ。そのへんでいい」

「殴り足りねぇな」

そう言って、ソロモンが電柱の陰にきつい横目を走らせた。俺もそちらに視線を向けた。一目散に逃げていく桃香の後ろ姿が見えた。

立ち上がった俺は、ズボンの両ヒザについた泥を払いながら言った。

「きっと来ると思ってた」

「おぼえとけ。おまえにゃ黒い守護天使が付いてるってこと」

「オレの動きが速すぎて土下座に見えたかもな。言っとくぞ、あれは独自の戦法だ」

「どうでもいいさ。で、こいつはどうする」

ソロモンが、仰向けに倒れているチビ助に目をやった。

江古高の影山雄二はソロモンの強烈な蹴りを食らい、あまりの痛さに口角がキュッと可愛く上がっていた。死ぬほど痛いと、やはり笑っちゃうらしい。

それは、まさに完璧なアルカイック・スマイルだった。

第二章　赤坂の夜

誰にも夜の顔はある。

手垢《てあか》まみれの例えだが、良妻賢母が夜の巷《ちまた》で客の袖を引っ張ったり、極悪非道のヤクザ者が夜はホームレスの炊き出しを手伝っていたりする。

俺もまた例外ではなかった。

昼は三流都立高校に通い、夜は赤坂の高級料亭で下足番をしている。

「黒川総理は菊の間に案内してね」

女将《おかみ》の勝代《かつよ》さんが念を押した。

内玄関に立っていた俺は近しい笑みをむけた。名付け親なので『料亭天草《あまくさ》』の女将とは丸々十八年の付き合いだ。それもまた、俺のラッキーナンバーだった。

「かしこまり」

「四郎ちゃん、まかないは食べた？」

「カラスミのパスタうまかったです」

イタメシ屋で食ったら三千円はくだらないだろう。

日当は五千円足らずだが、下足番にはいくつもの特典がある。まかないのカレーにはA5ランクの肉片が入っているし、端麗《たんれい》な赤坂芸者の顔も間近でおがめる。その上、常連客からは多額のチップを頂戴できる。

「官房長官の手塚さんが先にいらっしゃるから」

「わかってます。バー・ラウンジにお通しします」

「経団連の相田さんは七時に桔梗《ききょう》の間。医師会の豊川さんはカウンターね」

用件だけ伝え、女将は店内へ戻っていった。

赤坂の料亭は客に合わせて万全の態勢をとる。

数寄屋造《すきやづく》りの料亭は全室が青畳の香りに満ちていた。そして、最上の江戸懐石で接待客をもてなす。女将の気配りも忘れてはならない。なじみ客の好みをすべて知っている。お座付きの赤坂芸者さんたちを見事に振り分けた。

芸者抜きで、御馳走《ごちそう》だけ食べたい人はカウンター席。同じ敷地内にあるバー・ラウンジへ席を移せば、宴会後にグラス片手にゆっくりとくつろげる。

歴史は夜つくられる。

思わせぶりな文言もまんざら嘘ではない。日本国を仕切る政財界人たちは夜な夜な赤坂へ集結する。「料亭政治」は今も脈々と赤坂に根付いているらしい。そして、俺が勤める『料亭天草』は上客らに安らぎの空間と密談場所を提供していた。

そこで何が話し合われているのか、下足番の俺には想像もつかないけどね。もしかすると日本の未来を揺るがす大陰謀だったりして。

従業員用の動線から、だだっ広いガレージへと向かう。そこで表通りに面するシャッターを開けた。

俺は下足番として最初の作業に入る。水商売は清掃に始まって清掃で終わる。外庭、中庭、玄関口と丹念に掃き清めた。

最後に表通りへ出て扇状にサーッと水打ちした。

一年以上働くと、ルーティーン作業以外のなにものでもない。いくらでも手抜きはできるが、ゴミくず一つ玄関先に転がっていれば高級料亭の評価は地に落ちる。今夜もバイト初日と変わらぬ熱心さでゴムホースを握り、石畳をまんべんなく湿らせた。

夜の俺はどこまでも従順だった。

タイトな白シャツに黒ベストが夜の制服だ。

牛高のブレザーよりも断然こっちがしっくり来る。のびてきた前髪をポマードでこってり塗り固めると、皮肉屋で行動派の俺の人格は静かに眠りについた。

ホースを丸めていると、仲居頭《なかいがしら》の京子さんが近づいて来た。江戸小紋の袷《あわせ》に名古屋帯。

地味な着物姿だが、長身なので見栄えがする。

「シロー、これが今日の『お供』やからね」

差しだされた現金入りの封筒を、俺は一礼して受けとった。

「みなさん自家用車だから、四人分ですね。今夜、京子さんはどこの部屋ですか?」

「あほらし、何言うてますのん。菊の間の黒川総理」

VIPの担当は仲居頭と決まっている。みやびな京なまりは彼女の通行手形だった。

京子の「京」はそこから来ている。

俺はオールバックの髪を手櫛《てぐし》で整えながら言った。

「来週の金曜日にさ、夕方四時から牛込高校で進路についての面談があるんだ。来れるかい、母さん」

京子さんは吐息し、俺の実母の鰐淵早苗《さなえ》の顔になった。

京都で生まれ育った母は和装学院で学び、裁縫や着付けの免許を取得しているので女将に重宝がられていた。

「やっぱし、わたしは行けへん。その日は予約が多くて早番やし。ごめんね」

「じゃあここで表明しとく。オレは就職するつもり」

「お父さんには相談した?」

「オヤジはケータイを持ってないから、こちらから連絡はとれないよ。松江城に取材に行ったきりだし」

歴史作家の肩書きはあるが、鰐淵準之助《じゅんのすけ》の本が出版されるのは三年に一度。おかげで鰐淵家はいつも火の車だ。ものごとを最終判断するのは家計を握っている母だった。

「いつものことやもんね。糸の切れた凧《たこ》はどこへ飛んでいくかわからへん。わたしはシローの考えを尊重する。でも、本当にいいの？」

「じつは先日、女将さんから『正社員として料亭天草で働かないか』ってオファーをもらったんだ」

「そうやったん」

「しばらく勤めたら、下足番から番頭に格上げしてくれるってさ」

赤坂の料亭は俺たちのホームだ。十八年前、途方に暮れていた鰐淵早苗をひろってくれた女将さんに、一生の忠誓を尽くすのも悪くはないだろう。

俺の将来について、母はさほど興味を抱いていない。

「医師会の豊川さんは腰が重いし、先に帰っといて」

「わかってる。十一時にはあがるから」

暗くなった表通りを確認し、ガレージに戻った。

通路脇に置いたパイプ椅子に腰かける。ここが下足番の定位置だ。腕時計をチラリと見る。六時四十分。官房長官が来るまで少し時間の余裕がある。

私立探偵と下足番はよく似た稼業だ。

いつも薄暗い場所にいて来客を待つ。それが仕事時間の大半をしめている。決定的にちがうのは、小説の中の探偵は饒舌《じょうぜつ》に事件を語るが、俺の口は岩のように固い。秘密厳守に徹するからこそ、高級料亭の下足番は客から万札のチップをせしめることができるのだ。

俺が手にとるのは古い文庫本ばかりだ。

最近のベストセラー本はぜったいに読まないと決めている。それは売れない歴史作家の息子としての矜恃《きょうじ》だった。

尻ポッケから文庫本を取り出す。ジャック・ケルアックの『路上』だ。

俺は適当にページをめくった。若者があてもなくアメリカ大陸をさまよう話なので、どこから読みはじめてもかまわない。逆に言うと、どこで読み終えてもいいのだ。時間つぶしにはもってこいの一冊だろう。

俺は作中に出てくる風来坊のディーン・モリアーティが大好きだ。路上のどこかで彼のような破天荒な青年に出逢いたかった。それは無い物ねだりだとわかっている。気ままな放浪生活とは無縁だし、下足番にとってガレージから見える一〇メートルほどの路上が世界のすべてだった。

主人公のサルとディーンがメキシコに向かった時、現実世界では豊川さんの高級外車が店前に止まった。

俺は即座に反応した。文庫本を椅子の上に置いて大型車のベンツに駆け寄った。そして車の左ドアをゆっくりと開ける。

チャコールグレーのスーツを着た医師が、柔和な笑みを浮かべながら降りてきた。

「シローくん、今日も学校帰りかい」

「高三にもなって英語の過去完了形を習ってます」

「しっかり勉強すれば結果はあとからついてくるよ。いつかはここで夕飯を食えるような男になりなさい」

「はい。がんばります」

俺は従順に答えた。

「君は笑顔がいい」

満足げに言って、初老の紳士が俺のベストにお札をねじこむ。

脳手術の権威だけあって、すばやく繊細な手つきだった。教養は端整な顔立ちだけでなく、手先の動かし方にも表れる。俺からしても豊川さんはゴッドハンドだ。

チップのお札は言わないのが粋だとされている。

「ご案内いたします」

ドアを閉じ、豊川さんを先導する。

その一瞬、車中から運転手の光司《こうじ》さんが視線を送ってきた。俺は右手の人差し指をまわす。ガレージに車を入れず食事に行ってくれというハンドサインだ。

客を視界にとらえ、左半身の態勢で門から玄関へと進む。仲居の菜々子さんが引き戸を開けて待っていてくれた。

「お待ちしておりました。カウンターへどうぞ」

豊川さんは革靴を脱ぎ、檜造《ひのきづく》りの廊下を渡っていった。

俺はアルマーニの靴を手持ちのブラシでサッと磨きあげ、一連の動作で下駄箱に収めた。たったこれだけの労力で『福沢諭吉先生』が俺の懐に遊びにくる。

俺は上機嫌で引き返す。専属運転手の光司さんがにこやかな顔つきで待っていた。さりげなく『ドクター野口』が二人潜む『お供』を手渡した。

「どうぞ」

「けっこうサマになってきたじゃないか、シローくん。ドアを開ける手つきなんて篠原《しのはら》さんにそっくりだ」

「あこがれの人です」

「とにかく無口だったよな」

「きっと天職だったんだと思います」

篠原さんは先代の下足番だった。三十路《みそじ》以降の後半生を料亭天草で勤め上げた。だが深酒がたたって肝硬変になり、最終的には肝臓ガンで亡くなった。直後、下足番の役どころが俺にまわってきた。

最初はアルバイトだったが、一年経った今では常雇いの状態だ。

「専属運転手もおしゃべりじゃダメなんだよ。タクシーの運ちゃん上がりの俺には向いてないかもな」

「光司さんのハンドルさばき、最高です」

「ありがとよ。ちょっと小腹を満たしてくる」

光司さんはワンアクションで車を発進させた。俺は黒のベンツが通りの角を曲がるまで見送った。

車の免許を取得し、『路上』の主人公のようにアメリカ大陸を横断するのが夢だった。そのためにもチップは無駄づかいせず、きっちりと貯めこんでいる。

光司さんと入れちがいにタクシーが門前に停まる。

後部座席から、赤坂芸者のあやめ姐《ねえ》さんが降りてきた。白塗りの顔にうっすら紅をさし、高く結いあげた島田まげも乱れがない。

今夜も豊川さんとカウンター席で会食するらしい。大人の色事にはうとい俺だが、二人は深間の仲だと察せられる。少し時間をずらしてやってきたのは、同伴する姿を他人に見られないためだ。

あやめ姐さんが軽く会釈した。

俺も黙って微笑み返す。それから玄関まで案内し、履物をあずかった。存在感を消し去り、どこにいてもかさばらず、必要な時にだけ手を差しのべる。それが赤坂の料亭で働く男たちのささやかな心意気だった。


クラスの雰囲気は午後の授業が始まって一変した。

昼休みまでなごやかだった教室は、佐竹がプリントを配っている間にお通夜になっていた。いつもにこやかなフィリピン系女子グループからも笑顔が消えている。

湿気《しけ》た教室内で、赤っ鼻教師の長広舌が始まった。

日本史教諭の佐竹は、熱心に自作のプリントを読みきかせている。

語り口が平板なので、内容が何一つ耳に入ってこない。生徒たちは眠たげに聞き流し、伝言ゲームのようにあくびを出席簿順に引き継いでいた。

なぜか俺だけが、神道学科出身の中年教師と周波数が重なっているようだ。

佐竹は大きな黒縁の丸メガネをかけ、右まぶた上の傷跡を隠していた。学生運動が盛んだった若いころ、応援団長の彼は校舎を守るために奮闘し、左翼派学生たちから襲撃を受けて負傷したのだという。

水戸出身の佐竹の皇国史観は筋金入りだった。だが、今はどう見ても安酒場に入りびたる呑《の》んだくれとしか映らない。

教卓上には水筒が置いてある。中身はスポーツドリンクと称しているが、一口水筒をなめれば常時ふるえている佐竹の指先がぴたりと停止する。そして鼻先が赤く染まり、やっとろれつが回り出す。匂いからして、水筒の中身はイモ焼酎にちがいなかった。

佐竹は日ごと朝酒をあおり、しおたれたジャージ姿で教壇に立つ。よほど教職が性に合っているらしく常に上機嫌だ。都立の高校教師になりたくてなった、もしくは都立の教師でしか生計が立てられないタイプの人間だった。

一学期の中盤になっても、日本史の授業は天孫降臨《てんそんこうりん》で停滞したままだ。先輩の話では、佐竹の講義は半年間を日本神話と大化の改新で浪費し、残る半年を怪《かい》僧道鏡《そうどうきょう》の巨根伝説で埋めているという。平安時代後期から鎌倉時代に続く武家政権にはパンくずほども興味がないらしい。

窓際の後ろから三番目の席で、俺は注意深く耳をかたむける。

佐竹の話を一言一句ノートにとっているのは俺くらいだ。一つ後ろの席のソロモン、その後ろの王はいつもどおり熟眠している。こいつらが教室で起きているのはテストの時だけ。背後にいるソロモンが俺の答案を写し、さらにそれを王が写しとる。

安易なカンニングは、担任の女教師のお目こぼしにあずかっていた。とかく男子生徒に甘い友子先生のおかげで巨漢二人は進級できたのだ。

　佐竹の三白眼が俺をとらえた。

「教師一筋三十年。俺の目はごまかせないぞ。鰐淵、その机の上にあるぶ厚い本はなんだ。授業とは関わりなさそうだが」

「とても有益な一冊です」

「挑戦的な生徒がいないと、私も授業に熱が入らない。で、有益な本とは」

國學院《こくがくいん》大学卒の佐竹にとって、俺という存在は恰好《かっこう》の論争相手らしい。日本史の授業では他の生徒たちをほっぽらかして、らちもないディベートにいつも興じていた。

「先月、図書室に申請しておいた比較神話学の大作です」

「比較神話学。なんと罪深く乱暴な響きだろうか。世界各国の神話を比較するなんて、日本酒を赤ワインで割るようなものだ。吐き気を催《もよお》すよ」

「日本産の黒ビールを、フランスの白ワインで割ると肉料理に合うと高名なソムリエが言ってました」

「ほう、そう来るか。比較神話学など、たかだか二百年の歴史しかない。裏付けのない本は教育現場に置いてはならない。今回は新本申請を見過ごしてしまったな」

　佐竹は水筒を手にとり、ぐびっとイモ焼酎を飲んだ。それが論争開始のゴングがわりだった。しかし、誰も興味を示さない。すでにクラスの大半は眠りについていた。

偏差値の低い牛高において、月一回発行される図書室の新本購入申請紙にブック名を記す生徒などいなかった。

そのため読書家の俺は自分の読みたい本を毎月無料で十冊も手に入れることができた。ニーチェ、ゾラ、ダシール・ハメット、林芙美子《はやしふみこ》、古井由吉《ふるいよしきち》……。なんでもござれの乱読だった。

俺の入学後、哲学書と小説の棚は一気に充実した。おかげで牛高は阿佐田哲也《あさだてつや》の『麻雀放浪記』が全巻置いてある唯一の都立高校になった。

今回手に入れたのは七千円もする神話学の研究書だ。たとえ低俗な酔っぱらいが相手でも、俺はいつもこうやって資料を集め、ディベートの周到な下準備を怠《おこた》らなかった。徹夜してなんとか読みきった。日本史に興味はないが、自己愛の強い佐竹を言い負かしたかったのだ。

昼間の俺は本当に性格が悪い。

軽く咳《せき》をしてから、言葉のジャブを繰り出した。

「もし、日本神話とギリシャ神話がリンクしているとしたらどうします。紀元前二〇〇〇年前から語り継がれてきたギリシャ神話が、ユーラシア大陸を横断して極東の島国にまで伝わり、日本神話の成立に影響を与えたとしても不思議ではないでしょう」

「暴論だ。君は古事記も日本書紀も読み解いていないだろう」

「先生だって、イリアスとオデュッセイアを一読もしていないようだけど」

「浅はかでバイオレンスな古代ギリシャ神話など読むに値しない」

「いや、日本神話も似たようなもんですよ」

俺は軽く突っぱねた。

すると教壇の佐竹が赤っ鼻を人差し指でこすり上げながら切り返してきた。

「西洋の神々は、とうの昔に死に絶えていて現代社会に投影されてない。だが、しかし日本の神話は四季折々、祭事という形式の中で脈々と日本人の生活に根ざしている。有名な岩戸隠れもその一つだ。太陽神のアマテラスは、乱暴な弟のスサノオの言動に腹を立て、天岩戸《あまのいわと》に閉じこもった。無益な争いをやめない者たちを罰するため、太陽神は闇底に隠れて四季の作物も実らなくなった。どうだ、鰐淵」

「まったく同じストーリーがギリシャ神話にもありますよ。農耕の女神デメテルが、冥府の王の悪行を怒って天界から去ってしまい、この世が極寒の時代になったと。他の日本神話も同じく、すべて古代ギリシャ神話のパロディにすぎないんだよ」

実りのないディープな論争になるたび、同級生はさらに深い眠りにいざなわれる。

生徒たちのいびきをBGMに、俺と佐竹は睨み合った。

もしかすると、日本史の授業の進行を遅らせている張本人は、俺自身なのかもしれない。オリュンポスや高天原《たかまがはら》の神々を論じ合うことは、他の生徒たちにとって文字どおり雲の上の話なのであろう。

酒乱のスイッチが入った佐竹が、水筒のイモ焼酎を一気飲みし、手元のプリントをぐしゃぐしゃに丸めて床に叩きつけた。

大らかな神話の世界観は霧消し、日本史教諭の声高な愚痴が始まった。

「国粋主義者として生きるつらさを君たちはわかっているのか！　もうすぐ教員評価の時期がやってくる。何の権利があって教え子たちがAからDの四段階で恩師に評点をつける。去年度、私には最低評価のDが六十八個もありました。おかげで、この年になって給料が五パーセントも下がった。諸君、教えてくれ。いったい私の何が気に入らないのだ！」

その答えは全員一致で、『存在そのもの』だろう。

突然の大声に生徒たちが目を覚ました。

教室の雰囲気を感じとった佐竹は声を低め、汚い瞳をにじませて泣き落としに入った。

「わが家には寝たきりの老父がいて、老母は老人ホーム行きです。大学を出た長男は就職浪人中。長女は高校受験で、小学生の次女はピアノを習いたがっている。妻は三年前に実家へ帰ったきり、私は老老介護で腰を痛めてこのザマだ。どうか今年の評点では私にAをつけてください。せめてDだけは勘弁してくれ」

突然、佐竹がジャージをまくり上げた。

女生徒たちが小さな悲鳴をあげた。見苦しいガリガリの身体には医療用のコルセットが巻かれていた。その白地には赤いクレヨンで『パパ、大好き』というメッセージと父親の似顔絵。きっと幼い次女が描いたものだろう。

佐竹が涙目でピースサインを出した。

「私を救えるのは諸君らの愛だ。ちなみに好敵手の鰐淵四郎は、ずっと私をA評価してくれている。そうだよな」

「無記名だったはずですが……」

「たった一つの大切なAだ。鋭いAの角度でわかったよ」

赤っ鼻教師は酒だけでなく、自分にも酔えるタイプらしい。喜怒哀楽のチャンネルが壊れたテレビのように次々と切り替わっていく。完全に悪酔いしている。日本史教諭の高まるボルテージに反比例して、生徒たちの心はすっかり冷めきっていた。

生まれてくる子供が親を選べないように、生徒も先生を選べない。すべての教諭にD採点をつけてうさ晴らしするのが関の山だ。

酒乱の佐竹にA評価をつけたのは、どうやら俺一人だけだったらしい。進学クラスの生徒らは、大学の受験科目から真っ先に日本史を外していた。

自分史と称し、授業の途中で語られる佐竹の不幸自慢はワンパターンだ。

そこから得られるのは、ヤツの下着のサイズや少ない給与明細、家では安いインディカ米を食べているということぐらいだった。得意分野の道鏡の巨根伝説より、受験生たちは平安以降の歴史の流れを知りたかった。

けれども俺は、役立たずの神話や女帝をたぶらかした怪僧の巨根サイズに興味を抱いている。自分の信ずることだけを、一心に生徒に教えようとする授業スタイルもまんざら悪くない。

俺とソロモンは自転車で目白通りを併走した。

ソロモンは全身が筋肉の束で出来ている。東洋人の柔らかさと、黒人の強靭《きょうじん》さを併せ持ち、何をやってもスピーディーだ。蹴りやパンチの速さは常人離れしていた。左脚のケガさえなければ、プロスポーツ選手になって大金を稼げたはずだ。

それでも喧嘩の際には一撃必殺だった。

いつも早弁《はやべん》で、外食は立ち食いソバを好み、一緒に遊びたい時はメールではなく電話連絡だ。けれども、下校の折は俺の速度に合わせてくれる。

ゆっくりとペダルを漕ぎながらソロモンが言った。

「放課後に老人ホームの奉仕活動なんてバカげてる。黒人を無給で働かせるのは南北戦争以前の話だろ」

「ソロモン、そろそろ奴隷ネタは卒業しようぜ」

「いまさらやめられっかよ。気の利いたセリフは、ぜんぶシローの受け売りだ」

牛高の課外授業は老人介護施設での実習と決められている。社会奉仕は大切なカリキュラムだった。在校生は年に三回ほど地元の老人ホームに出向き、小汚い爺《じい》さん婆《ばあ》さんらの面倒をみなければならない。

言い換えれば、世間様へのおべんちゃらだ。しかし、やり手の校長が考案した特別授業なので、これをクリアしないと卒業できなかった。

ソロモンが言うように、強制されたボランティア活動なんて逆効果だ。たがいの入れ歯をとりちがえたまま、平気でセンベイを嚙み砕く老人たちを見るたび、俺は生きることのすばらしさを教わっている。平然と他人の入れ歯を使えるようでなくっちゃ、長生きなんてできないよな。

都電荒川線の踏切を渡ったあたりで、俺はチャリをとめた。

すぐに遮断機が下り、俺たち二人の背後をチンチン電車が通過する。生ぬるい風が吹きつけ、相棒の白い開襟シャツをふくらませる。浅黒い大胸筋が汗で輝いていた。

「よっし、ソロモン。このまま二人でフケちまおう」

「ありがてぇ、ついに奴隷解放か」

「まだ言ってやがる。さ、方向転換だ」

鬼子母神堂《きしもじんどう》へつながる欅並木《けやきなみき》の参道を抜け、老人ホームを迂回《うかい》して明治通りへとむかった。渋面の溶けた相棒が放り出すように言った。

「オレはボランティアっていう言葉が大嫌いなんだ。静かな余生を送る場所より、新宿の雑踏が好きなんだよ」

「そういえば、いつも街の雑音をひろってうまく身体でリズムをとってるな」

「おふくろの子宮にいた頃、親父は俺のためにサックスを吹いてくれてた。おかげで胎動は8ビートさ」

「ほら、そこの千登世橋《ちとせばし》で初めて逢った時も騒音の中で両肩を揺らしてた」

あれから二年余り経ったが、ソロモンの第一印象はいまも鮮明だ。

牛込高校の受験当日。ヤツが目の前に立ちふさがった時、小心者の俺はズンッと全身が凍りついた。正直言って殴り殺されるかと思った。まさかその凶漢が、俺の守護天使だとは考えもつかなかった。

「そうだな。あの時シローに道を訊かなかったら、俺が牛高へ通ってないのは確かだ」

「受験番号も連番だったし」

「後ろの席の俺に気持ちよくカンニングさせてくれた。その後もずっと」

「でも、王はあの日受験会場にはいなかった」

年齢不詳の悪漢は、いったいどんな手を使って牛高へ入学したのだろうか。倍率一・〇五倍の三流都立校に入るため、きっと実母が奸計《かんけい》をめぐらせたにちがいない。世界でいちばん性悪な一人息子を、王鈴麗は溺愛していた。

明治通りをゆっくり併走していると、脇のソロモンが思いだした風に言った。

「この前、地元のダチとつるんでたら、『池袋鰐《いけぶくろわに》』の話で持ちきりだったぜ。おまえの学校にいるンだろって、みんな訊いてきた。だれもが池袋鰐の首を狙ってる」

「とんだ災難だな」

「俺がついてるから心配すんな」

「頼むぜ、相棒」

俺は真顔で言った。

江古高の影山と決闘したあと、こんな噂が広がった。

『池袋にある牛込高校には史上最強の男がいる。そのパンチは見えないほど速い。学年トップの成績で、つねに正体不明の外国人ボディガードを二人つれている。そいつの名は鰐淵。戦いの前に土下座したら気をつけろ。それは凶暴なワニが襲いかかる構えだ。油断すれば食い殺される。通称、池袋鰐。またの名を土下座番長《どげざばんちょう》』

本人の耳に入ってくるまでに、とんでもない脚色が入っていた。

失神した影山の脳裏に『ワニの構え』が刻みこまれたらしい。加害者のソロモンについてなんの記憶もないのは幸いだった。

「シロー、おまえのやさしさは誰よりも俺が知ってる。王もな。だから殴り合いは助っ人外国人に任せてくれ」

「オレ、本当の番長になっちまったな」

「成績だけじゃなく、今じゃ牛高を仕切るトップだ。おまえが廊下を歩くと下級生が前をあけるから購買でパンを買いやすくなった」

「ボディガードの二人にビビってるだけだよ。とくに王は……」

「同じ新宿育ちだけど、俺はギャングでヤツはマフィア」

「まったく手に負えねぇな」

実際、俺は困り果てていた。ワニ退治と称し、牛高に殴りこみにくるヤカラが出てきたのだ。そのたびに待ちかまえていたソロモンと王が交互に片づける。

二人そろえば、文字どおり古代の『ソロモン王』のごとく強大だった。

もちろん俺は、まだ一人として殴っていない。心強い用心棒たちの後ろで腕組みをしているだけだ。おかげで、『ソロモン王』への依存度は増すばかりだ。影山の一件以降、俺が独りで下校することはまずない。

俺を先頭に思い出の千登世橋を通過する。鼻歌まじりにチャリを漕いでいると、角地のコンビニで四人連れの男たちが待ち構えていた。

「襲撃だ、ソロモン」

「こんな人目のある場所で、それはない」

眼前で不良たちが煙草を吹かしている。学校がちがうらしく、みんなバラバラの制服を着ていた。連中はどこかしら不安げな表情だった。

俺はソロモンに問いかけた。

「知ってるのか」

「このまえ、ワニ退治に来たのでぶっとばしたやつらだよ」

「四人は多すぎる。無視して突っ切ろう」

「迂回は嫌いだ。正面から行くぜ」

ソロモンが急ブレーキをかけた。

心配は無用だ。四人くらいなら三分たらずで蹴散らしてくれるだろう。

俺も半歩後ろで自転車を止める。連中が肩をゆすって近づいてくる。左頬の腫れあがった不良が小声で言った。

「あのぅ、ちょっとお時間いただけますか」

「また殴られたいのか」

そう言って、ソロモンが赤い舌先をヌルッと突きだした。危険な兆候を察知した不良が、すがるようにこちらを見た。

「いや、鰐淵さんに頼みがあって」

「この前教えたろ。牛高の番長に話があるなら、まず俺を通せって」

「よくわかってます」

相棒の後ろに隠れていた俺は、渋めの顔で口をはさんだ。

「タイマンもはれねぇザコがなんの用だ。名前を言え」

長身の不良が恐る恐る前に出てきた。先日ソロモンの強烈なパンチを食らったらしく、前歯が一本欠けている。

「練馬商業の谷徹矢《たにてつや》です。怒らずに聞いてください。鰐淵さんに大事なお願いがあります。俺らのトップになってくれませんか。なぁ、みんな」

殴られ仲間たちが首を縦に振った。

俺は首を横にかしげた。

「谷、説明しろ」

「知ってのとおり、同じ都立だけど商業高校は普通高校に見下されてる。くやしいっス。鰐淵さんが商業高校全体の総長というか、トップにすわってくれたら、得意顔のやつらを見返すことができる」

「勘ちがいすんな。牛高は元女子商業高校だ」

「でも、牛高は秋の『都立商業高校野球大会』に出場してますよね。牛高野球部は鰐淵さんとちがってクソ弱いけど」

「そう言われればそうだな。だけど今は男女共学で、東京都内に一つしかない《ビジネス科》の高校だ」

「ビジネスって商業でしょ。結局、同じ仲間じゃないっスか」

相手のほうが理屈が通っている。

都立高校の下位に捨て置かれた同胞意識が湧いてきた。

「名前だけ貸してやる。脅しにでもなんでも好きに使え。そのかわり一つ条件がある。気の良いお手頃な牛高女子たちには手を出すな。誓えるか」

「誓います」

四人はきっちりと頭を下げた。鷹揚《おうよう》にうなずいた俺は、外国人ボディガードと共に自転車でゆっくりと走り去った。

いつものように国道を左折し、高田馬場駅前を横断して山手線の内側へ入りこんだ。

何の予兆もなく、古風なセーラー服が前方に浮かび上がる。

学習院女子高等科の制服にちがいなかった。

長い黒髪と紺色のスカーフがふわりと風に揺れている。膝下一〇センチのスカートからのぞく白い足首がやたらまぶしかった。膝上二〇センチのミニスカートを常用する牛高女子より何層倍も刺激的だった。

俺は自転車のブレーキをかけた。ソロモンがあわてることなく俺の動作に合わせた。

「シロー、どうした」

「いた」

「なにが？」

「初恋がいた」

「初恋って生き物なのか」

「たぶん、そうだと思う」

初恋とは少しばかりの愚かさと、あり余る好奇心のことだと先人が言っている。愚かな俺は好奇心を抑えきれなかった。

思いこがれた女の名前が、反射的に口からこぼれ出た。

「純子さん……」

俺は路上で手までふっていた。

すると、八メートル先から清明な笑みが返ってきた。

「ジェロニモーッ」

そばにいるソロモンが怪訝《けげん》な表情をみせた。

「あの美少女が純子ってことはわかった。だけど、だれだよ、ジェロニモって」

「オレの洗礼名」

「アパッチの大酋長《だいしゅうちょう》じゃなくて?」

「大酋長もオレもキリスト教徒らに改宗させられたんだ。インディアン嘘つかない」

「よくわかんねぇ。シロー、震えてんじゃんか」

「武者ぶるいさ」

「やりきれねぇな、初恋って。先に帰るぜ、ジェロニモ」

「気を遣ってくれてありがとよ」

「黒人とインディアン、白人にやられたモン同士、これからも仲良くしようや」

俺の肩をポンと叩き、ソロモンはペダルに足をかけた。

黒い守護天使と入れ替わりに純子が小走りで近づいてくる。それに比例して俺の鼓動も短く強いテンポになった。

「久しぶり、ジェロニモ」

「……赤江さん」

俺は頭の中が真っ白になった。

相手の名字を言うのが精いっぱいだった。

どうやら俺には三つの顔があるみたいだ。昼は目つきの鋭い皮肉屋の高校生。夜はしたたかで従順な下足番。そして、赤江純子の前ではひたすら卑屈な劣等生らしい。

日本国総理大臣の前に立っても震えることはないが、なぜか純子のそばでは全身が硬直してしまう。

　俺はへどもどまごつきながら言った。

「えーっと、元気そうだね」

「逢えてよかった。伝えたいことがあったの」

「オレに？」

「立ち話もなんだし、そこの喫茶店で話そうよ」

「いいよ」

　俺はへりくだった愛想笑いを浮かべた。彼女から誘われたのは初めてだ。けれども、この幸運をどう生かせばよいのか皆目《かいもく》わからない。

「おいでよ。すぐそこだから」

　めあての喫茶店は十数歩先にあった。

　神田川が見下ろせる窓際の二人席にすわる。純子はアイスティー、俺は注文したコーヒーを前に緊張していた。

　とても純子を直視できない。だが、ニューヨーク育ちのバイリンガルは真正面から視線を合わせてくる。きれいな黒い瞳に射すくめられた。

　大きく息を吸いこんだあと、俺は会話を立て直しにかかった。

「数年ぶりだね。あの時はたしか由紀の誕生会だった。赤江さんはまだスイミングスクールに通ってるの？」

「仲良しの由紀ちゃんがやめたから、私も中三でパス。今行ってるのは教会と法学部専門の進学塾だけ」

「オレ、ずっと教会には足をむけてない」

神をあざわらうアルチュール・ランボーの詩集を読んだあたりで、俺は教会へ行くのをやめていた。

「ご老体の山口神父様が言ってらした。もし、ジェロニモに会ったら日曜のミサに顔を出すようにって」

「最近は聖書も手にしてないし、ちょっと敷居が高いな」

「私が頼んでもダメ？」

前屈みの俺を、純子が下からのぞきこむようにして言った。

返事に窮した。両親ともに仏教徒だが、一人息子の俺だけ勇壮な洗礼名を持ち、教会にも通っていたのはちょっとした訳がある。

十八年前、身重《みおも》の母を料亭天草の女将が正社員として雇い入れてくれた。情け深い勝代さんのおかげで国民健康保険証が手に入り、売れない歴史作家の妻は第一子を産むことができたのだ。

そして名付け親には、隠れキリシタンの末裔である天草出身の勝代さんがなった。四郎という名は、島原の乱を起こした『天草四郎』にあやかっている。

そこからどうアパッチの酋長にたどりつくかというと、天草四郎の洗礼名が、なんとジェロニモだったのだ。天草の乱の首謀者も、アパッチの酋長も、共に権力者に戦いを挑んだ勇者だった。

だが俺には、そうした反逆精神がみじんもない。

子供の頃から荒事が苦手だった。大人たちにうまく取り入り、陰でこきおろすという安全策に終始していた。

純子がストローを使わず、アイスティーのグラスに口をつけた。俺もコーヒーカップを手に取ったが震えはとまらない。琥珀色の液体をポトポトこぼしながら言った。

「話ってそれだったのかい」

「もう一つ。どこを受験するの、ジェロニモ」

こんな場面で、さすがに料亭の下足番になるとは言えない。

俺は曖昧《あいまい》な口調になった。

「まだ決めてないけど。一応、東京六大学」

「由紀ちゃんから聞いてるよ。牛込高校では学年一位なんでしょ。明治か法政なら合格できるんじゃないかしら」

「うん。うちは元商業高校だから簿記の授業がある。明治大学の商学部なら、全商簿記検定一級を持ってれば推薦で通るらしい」

「すごいじゃない」

「赤江さんはどこ受けるの。東大？」

　進路希望先は由紀から聞いていたが、何食わぬ顔で尋ねた。

「東大はちょっと無理かな。とりあえず、持ちあがりで学習院大学にはいかない。第一志望は慶應義塾の法学部。そこを卒業したらハーバード大学のロースクールをめざす。そのあと国連で勤めたいと思ってるんだ」

　慶應大学の法学部までは知っていたが、まさかそんな遠大な人生計画を立てているとは思わなかった。俺の背中は縮こまるばかりだった。

　純子がさらに話を進めた。

「最終的に、私……」

「どうなる？」

「女性初の国連事務総長」

「すげぇ」

「冗談よ。本当は普通に結婚して可愛い女の子を産みたいの」

　純子の本心がどこにあるのか俺には見当もつかない。わかっているのは、地球上の誰よりも赤江純子を憧憬《しょうけい》しているということだけだ。

俺はすっかり劣等生めいた口調になってしまった。

「オレは予備校に通ったことないけど、赤江さんは法学部専門の進学塾でどんなことを習ってる？」

「今日課題に出たのはマグナカルタ」

「あ、それは知ってる」

俺は自分の幸運を祝った。子供の頃からの乱読が役に立ったのだ。席に着いてから初めて純子と目を合わせる。

そして、自信をもって断定した。

「夢《ゆめ》野久作《のきゆうさく》の代表作」

「なにそれ……」

「日本三大奇書の一つだよね」

「もしかして、それって夢野久作が書いた『ドグラ・マグラ』じゃない」

「うっ……」

「マグナカルタはね、イングランド王国のジョン王が制定した憲章だよ」

その場で俺は撃沈した。

マグナカルタとドグラ・マグラ。

語感はとても似ているが、まったくくちがうシロモノだった。

慶應法学部をめざす秀才たちにとって、夢野久作の幽玄な作品群は何の役にも立たない。『ドグラ・マグラ』を含め、小栗虫太郎《おぐりむしたろう》の『黒死館殺人事件』や中井英夫の『虚無への供物』を読破する暇人は、料亭の怪しい下足番くらいだろう。

なぐさめるように純子が言った。

「明治の商学部、ジェロニモなら絶対通る」

俺は敗北感に打ちひしがれた。

憧れの女性からの一言が、グサリと胸に突き刺さった。けっして忘れられない。俺の灰色の脳細胞に「マグナカルタ」の六文字がきっちりと刻みこまれた。

はーい、この最悪のシチュエーションをちゃんと覚えといてくれ。

そして「日本三大奇書」なんてドブに捨てちまおう。結局、読書なんて大事な場面で何の役にも立ちゃしない。だからこそ猛烈におもしれぇのさ。

牛高の薄暗い廊下で、順番待ちの俺はだらけきっていた。

三年生にとって、五月二週めの放課後は運命の岐路だ。たった一回の進路面談で自分の行く末が決まる。持ち時間は一人あたり二十分。就職組は五分で済む。

俺の前列で、ダンス部の吉田奈々と留年生の渡辺正樹がいちゃついていた。あいうえお順なので、どんな時でも鰐淵はドンケツになってしまう。

ダンス部の吉田奈々が渡辺の肩にもたれかかった。彼女は一四三センチしかないので、いつも真上に向かって話している。もし『純潔の誓い』を結んだ相手がソロモンだったら、奈々を手のひらに乗せて語り合えるだろう。

「ねぇ、声優とパティシエ、なるならどっちがいいと思う。かわいい系と美味しい系。悩んじゃうなァ」

それはワンピースの柄でも選んでいるような口ぶりだった。

愚図でのろまな渡辺は、買い物に連れてこられた彼氏そのままの態度でぼんやり突っ立っていた。

カレー色の面貌はさらに黄色く染まっている。

「えー、どっちも似合うよ」

「だーめ。ちゃんと選んでくれなきゃ」

「ていうか、パティシエってなに？」

渡辺が本気で訊いている。

奈々が彼氏の手をやさしく握った。

「じゃあ、声優にするね」

愛《いと》しいヤツらめ、そのまま何も考えず青春を謳歌《おうか》してくれ。

カップルの背後で、学年一位の俺は微苦笑する。正統な上から目線に則《のっと》り、人畜無害な馬鹿の集まりを心の底からいつくしんでいた。

牛高出身者で、二十歳をすぎて正社員に採用される者はめったにいない。ほとんどが非正規社員として、ひっそりと社会の片隅で生きていくことになる。一年後には料亭勤めをしている俺も大して代わりばえはしないけどな。

進路指導室の扉が開いた。

「吉田奈々、中に入りなさい」

三年一組担任の三宅友子先生の声が聞こえる。

精一杯背伸びした奈々が、渡辺の頬に軽くキスをする。

「行ってくるね、マーくん」

可愛いアニメ声を発し、ツインテールを揺らして室内へ消えていく。

扉が閉まった。余韻を楽しむように、渡辺が右頬をさすりながらしみじみ言った。

「鰐淵くん、女のコっていいよな」

硬派気どりの俺は小首をかしげた。

「どこが」

「小さくて、柔らかくって、いい匂いがして、ベッドの中では……」

「やめろ。充分わかったよ」

最近巷《ちまた》では『土下座番長』とかもてはやされているが、その上に『童貞番長』という隠れた実態もある。日ごろから学校や料亭で揉《も》まれているせいか、安易に女たちを誘うことができなかった。

「鰐淵くん、ぼくって進路相談が二度目なんだよ」

「留年してるからな」

「何度やったって、自分の進路なんて思い浮かばない」

「みんなそうだよ」

「君の内申はオール5だし、どこの大学だって通る」

「おまえだって、ギターの腕はプロ並みだろ」

「おっ、それでいこう。ぼく、ミュージシャンになる」

のんきな渡辺が興奮ぎみに宣言した。黄色い顔がタイのレッドカレー色に変化する。俺の何気ない一言が留年生の未来を決定したらしい。

「おまえなら、きっと上手くいくよ」

何の根拠もない言葉を渡辺に贈った。

だが、残念ながら二人の幸せな未来像はまったく見えてこない。数年後には、たぶん渡辺はフリーターとなり、奈々は先輩にならってキャバクラ嬢になっているだろう。

扉の向こうから、いらだった友子先生の声が漏れてくる。

「どうして、そういう考え方しかできないの」

「だってぇ」

「ご家族には話したの？」

「あたしの将来なんだから、先生や親は関係ないでしょッ」

面談中の奈々が、とてつもない高音で言った。

パートナーの渡辺が、身を固くして耳をすませた。室内から芝居がかった奈々のすすり泣きがもれてくる。

三年の進路指導は親同席の三者面談と決まっている。しかし、俺をふくめ誰ひとりとして家族を連れてきていなかった。牛高はシングルマザーの家庭が多く、四年制大学へ通わせる資金力がない。それは偏差値の低い高校全般にいえる状況だった。

「どうせ、うちの母は中卒ですッ」

リアルな捨てゼリフを残し、奈々が指導室から走り出てきた。ツインテールがほどけ、落ち武者のごとくざんばら髪になっている。

柔らかさも、いい匂いも霧消し、ベッドの中で痴態をくりひろげた風俗嬢のようだった。

泣きべそをかきながら、奈々が俺たちの前を通り過ぎた。

「次、渡辺正樹」

友子先生の冷徹な声が響く。

動作のにぶい渡辺は、ゆるゆると室内に入っていった。

三者面談のラストを飾る俺は思い返した。親友の二人は姿を現さないままだった。王はこの一週間ズル休みを決めこみ、ソロモンは友子先生と二人っきりになることを嫌がって本日欠席だ。

室内から失笑めいた声が何度も響く。渡辺も彼女と同じく三分ほどで出てきた。奈々とちがって、進路面談に慣れた留年生は明朗な顔つきをしていた。

「場を温めといた」

「じゃあ、俺がクローザーとしてきっちりしめるよ」

「ナナをなぐさめなくっちゃ。ベッドの中でね」

妙に自信ありげに言って、渡辺が奈々の後を追った。

「次、鰐淵四郎くーん」

語尾の『くーん』が、まるで愛玩犬の鳴き声のようだった。

入学時から俺はティーチャーズ・ペットだ。三年間ずっと、同じ担任の友子先生から愛されつづけている。あと二人、王とソロモンも同級だった。そして彼女の最愛の生徒は、ストリート・ギャングのソロモンだと俺は踏んでいる。

三年一組の生徒は皆、友子先生には頭が上がらなかった。

彼女の信念は揺るぎがない。落第寸前の連中をこれまで何度も救済してきた。だがそれは男子生徒に限られている。その一方、勉強嫌いでやる気のないギャルたちには容赦なく処分を下す。

古風な雰囲気の女教師は、父子家庭で育ったと本人が言っていた。父親の職業は日本の国土を守る自衛官だった。俺たちにとって、彼女の男尊女卑の信念は好都合だった。ソロモンから言わせれば、『ただの男好き』にすぎないらしい。

「失礼します」

入室した俺は担任の正面にすわった。互いに笑顔だ。進路主任の彼女と、成績トップの俺は目的が一致している。それは愛する牛高の偏差値を上げ、元女子商業高校のイメージを払拭《ふっしょく》することだった。

「あなたの顔を見て、ほっとできたわ。どの生徒も自分の将来について何も考えてない。毎年のことだけど、ストレスで頭痛がしてた」

「ノープランが牛高の伝統ですよ。先生は生真面目すぎます」

「でも、性分は変えられないわ。進路相談に来た生徒たちは七割が芸能界志望だし、何よりもご両親が同席してない」

「母子家庭ばかりだから」

「ごめんね、指導室で愚痴なんかこぼして。うちのクラスは、三年間あなたのおかげで平穏が保てた」

俺はこっくりとうなずいた。友子先生とは共犯関係にある。ソロモンと王が三年まで進級できたのは、担任の彼女がカンニングを見逃してくれてきたおかげだ。

学力不足の二人に俺が力添えしたのは、自分が殴られないための予防策だった。だが、彼女の後見ぶりは強い男への愛に満ちていた。

また彼女が、俺たち三人に肩入れするのにはそれなりの理由があった。荒ぶるソロモンや女に無関心な王だけでなく、優等生の俺も古くさい顔立ちが災いしてペアを組んでくれる女生徒がいなかった。

単に女にもてなかっただけだが、担任の友子先生には非常に好ましく映ったのだろう。

俺は先手を打ち、彼女が望んでいるセリフを口にした。

「オレと王とソロモン、三人そろってかならず卒業します」

「そう願ってるわ」

「じゃあ、オレはこれで」

他に語るべき何事も見当たらない。

席を立とうとすると、友子先生が手で制した。

「まだ何も話し合ってないわよ。今回はどこの大学を受験するかだけ決めましょう」

「一応、東京六大学」

思いがけない言葉が自分の口からこぼれ出た。どこかしらデジャヴめいた感覚だった。先日、赤江純子と似たような会話を交わしていた。『卒業したら下足番になる』とは言いだせず、曖昧な答えでその場をしのごうとしたのだ。

　女教師は俺の言葉を真《ま》に受けた。

「明治なら合格できると思うけど」

「もう少し上をめざしてます。慶應義塾大学が第一志望です」

　友子先生が目を丸くした。

「本気？」

「自分でもびっくりするくらい真剣です」

　そうは言ったが、すべては成り行きまかせだった。これまで大学進学を考えたことなど一度もなかった。

「鰐淵くん、あなたがそこまで言うなら、私は全力でサポートする」

「ありがとうございます」

　きっちりと頭を下げた。大量の脇汗が横っ腹にしたたり落ちる。自分が蒔《ま》いた種だ。もう後には引けない。友子先生が追い打ちをかけてきた。

「早稲田という選択肢もあるわよ。三年前、牛込高校からも一人合格してる」

「知ってます。早稲田のスポーツ科学部ですよね。女子砲丸投げの選手だったとか。ただ、肩を痛めて中退したと聞きましたけど」

「私もよくおぼえてる。生徒会長をつとめていた児玉香代子《こだまかよこ》さんは、あなたと同じで成績も学年トップだったし」

「先生も早稲田出身ですよね」

「そう。私の行った教育学部ならどうかしら？」

「もう一度言いますが、オレが狙ってるのは慶應の法学部」

「わかってる。ほんとにすばらしいことよね、最難関学部をめざすなんて。目標を高く持つ男子の瞳が大好きなの。でも、偏差値の壁は高くてきびしいと思う。ごめんね、こんなネガティブなことを言って」

友子先生の全身から母性が溢《あふ》れだしていた。

白い肌を際立たせる長い黒髪。それよりも目を引くのは、貧弱な女生徒らを圧倒する豊かなバストだ。

顔だって悪くない。だが四十路まで独身なのは、雌獣めいたキツい体臭のせいだと思う。彼女が野性的なソロモンに執着するのもわかる気がする。

むせかえるような芳香を胸いっぱいに吸って、俺は少しハイになっていた。

「子供の頃から本ばかり読んでいたので、文章の読解力は他人よりあると思います」

「そうよね。小論文は今のままでも点が取れる。でも慶應は英語重視よ。英検一級ぐらいの語学力が必要」

「英語は苦手です」

先日、低レベルの英検三級の試験に落ちたばかりだった。その結果を担任の友子先生は知っているはずだ。

偏差値は低いが、下柳校長の働きかけで牛込高校は東京都の英語教育推進校になっている。英語の授業は毎日あり、専任の外国人講師だって五人ほど在籍していた。

しかし他校が一年で終わらせる内容を、俺たちは三年間かけてもまったく習得できなかった。じっくりと焙煎《ばいせん》されたはずの牛高生の英語力は、いつまで経っても中学レベルというありさまだった。

「調べてみるから、少し待ってて」

そう言って、進路指導の資料をカバンからとりだした。

大学偏差値ランキングの書類に目を通したあと、友子先生が深いため息をついた。

「……やはり無理かもしれない」

「遠慮なく言ってください」

「慶應大学法学部の偏差値は、私学の中で最高峰の74。これは偏差値73の東京大学の理Ⅰや文Ⅲより上位にある。慶應法学部は試験科目が少ないので、よけいに難しい」

「えっ、東大より上ですか」

俺は偏差値44のトップに過ぎない。慶應法学部の偏差値とは30の開きがある。どうあがいたって、極端な高低差は詰められない。牛高始まって以来の麒麟児《きりんじ》は、日比谷《ひびや》高校のビリッケツにも太刀打ちできないだろう。マイナーリーグでいくらホームランを打とうと、それは大リーグの公式記録には残らないのだ。

「それでも私はとめない。当たって砕けろの精神よ」

凛々《りり》しい自衛官の娘は、飛行場で神風特攻隊員を見送る上官のごとくだった。

友子先生が、ぐっと前のめりになった。巨乳が強調された。少し遅れて到着した濃密な香りが、俺の甘ったるい夢想に拍車をかけた。

慶應法学部へ行って赤江純子と一緒にキャンパスライフを送る。

それが心の奥底に秘められている願望だった。シカゴのスラム街をほっつき歩く野良犬ていどの英語力だの、そもそも純子が受験に失敗したらどうするかだの、細かい考えなんかは蹴っとばした。

志望動機は初恋一筋。それでいいじゃないか。

奇蹟《きせき》でも起こらないかぎり合格できないが、幸いにも『奇蹟』という言葉はちゃんと辞書に載っている。そいつは確かにこの世に在《あ》るのだ。

「とにかくチャレンジします」

「鰐淵くん、こんな有意義な進路相談はなかったわ。私だけでなく、牛込高校は総力をあげてあなたを支援する」

「いや、結構です」

「どうするつもり?」

「こっから先、ぜんぶ一人でやります」

俺は無謀な受験戦争にみずから足を踏み入れた。興奮冷めやらぬ友子先生に引きとめられ、そのあと俺たちの懇談は一時間以上も続いた。

進路指導室を出ると、窓外はすでに夕闇に包まれていた。青いブレザーのポケットからケータイを抜き取って時間を確認する。

「18」

俺のラッキーナンバーが、青白い液晶画面の中にくっきりと浮かび上がった。

第三章　山羊をめぐる証言

野郎どもは牛込高校のプールびらきを待ち望んでいる。

硬派を気どる俺もその中の一人だ。女子高生のスクール水着を直《じか》におがめる機会なんてめったにない。わが母校のプールは屋外にあるので、以前は通りすがりに窃視することができたらしい。

だが、八年前に運動場を囲む金網フェンスがブルーシートで覆われてしまった。現在、白昼堂々と女生徒の水着姿を直視できるのは牛高の男子学生だけだった。

黒い海パンに着替えたソロモンが話しかけてきた。

「シロー。牛高の女は大したことないが、プールに三〇人集まると壮観だな」

「まったく興味を持ってない男も一人いる」

「王はまたズル休みか」

「あいつの心は計り知れない」

「太ってるだけだろ」

羞恥心のカケラもない大食漢だが、自分の肥満体へのコンプレックスは持ち合わせているようだ。水泳の授業がある日はいつも欠席していた。

「行こうぜ、ソロモン」

授業に遅刻しそうだった。俺たちはシャワー室へと急ぎ、冷水を浴びたあと屋外プールへと向かった。

出会いがしらに、プール脇で体育教師の叱責を受けた。今年から牛高に転任してきた毒島秀治《ぶすじまひでじ》は、俺とソロモンの学内での立ち位置を理解していない。

「おい、そこの二人！　プールサイドを走るなッ」

角刈りの教師は迷彩柄のブーメランパンツを着用していた。

こんもりした股間がたまらなく腹立たしい。思いっきり蹴りあげてやりたくなる。

それにしても、『プールサイドを走るな』という注意はあまりに定番だ。サッカーでは手を使うな。ボクシングでは足で蹴るな。体育の授業での禁止事項は当たり前すぎて反論のしようがない。

しかし、ソロモンのルールはちがう。

「上等だ。毒島の目をさましてやる」

小声で言って、相棒はヘラヘラと笑った。

それはまぎれもなく怒りの兆候だった。体育教師に歩み寄ろうとする巨体を、俺は懸命に手で制した。

「ヤツを殴ったら退学だ。オレの役目は暴走するお前を止めること」

「わかった。ここは見逃してやる」

方向転換した俺たちは、そのまま生徒の列にまぎれこむ。

途中、視界の端に由紀の姿をとらえた。

夏は彼女の季節だ。どこにいても目立たない幼なじみは、まぶしい日差しを全身に浴びるとビーナスに生まれ変わる。

由起は身体にフィットした競泳用水着を着用していた。縦縞《たてじま》の生地がやわらかく素肌に食いこみ、地味なスクール水着の女子たちを完全に圧倒している。

バタフライ泳者だった彼女は魅惑的な体つきだ。

筋肉の上には適度な脂肪。動力と浮力のバランスが絶妙だった。なめらかに曲線を描くラインは完ぺきで、水中では誰よりも早く泳ぐことができた。

こんなに均衡のとれた肉体を有する女性は見たことがない。胴長短足の女子をかき分け、由紀が俺のほうに歩み寄ってきた。

「またもめ事？」

「毒島は新任だから牛高を誰が仕切ってるか知らないんだよ。ソロモンは男に怒鳴られると反射的に殴ろうとする。なんとか押し止めたけど」

「そう、牛高は鰐淵くんがまわしてる」

「いや、隠れ番長は由紀だよ」

「私はダメ。前に出るのって苦手だし」

由紀は怠惰な女生徒たちに宿題を写させている。その見返りはなにもない。女生徒らは地味な由紀をなめてかかり、理由もなく見下していた。

勉強もスポーツもできる由紀が牛高に来たことは謎だ。

盗撮が頻発した女子商業高校時代に水泳部は廃止されたという。おかげで競泳選手としての彼女の才能は眠ったままだった。港区の居宅から近いわけでもないし、電車一本で通えるわけでもない。彼女の学力なら都立トップ校へ入学できたはずだ。

プールサイドで、またも毒島が大声を出した。

「全員すわれッ」

水着姿の生徒たちがいっせいに体育ずわりをする。

俺もそれにならった。まわりが見えない毒島は、自分の教育スタイルをスパルタ式だと自負している。だが古代ギリシャフリークの俺からすれば片腹痛い。

紀元前、ギリシャを苦しめたスパルタは世界最強の戦闘民族だった。スパルタ人は幼少期は丸刈りにされ、食料も充分に与えられず、寒い冬でも下着一枚で生活させられた。

かろうじて生き残った若者だけがスパルタ兵として市民権を得るのだ。

そのため国民の戦闘能力が異常なほど高い。少数精鋭のスパルタ兵は、百倍の兵力で迫る他国の軍隊にもひるまなかった。

だが毒島の指導を受けたとしても、牛高の生徒たちは口うるさいバイトリーダーの指示をきっちり守ることさえできないだろう。

調子づいた毒島が宣言した。

「予告したように今日の水泳は五〇メートル自由形の計測だ。もちろん泳法は自由だが一回しか計らないから集中しろよ。タイムはともかく、泳ぎきらないと記録は付けない。つまり零点だ。前任者とちがって保健のレポート救済はないぞ。もちろん体育の評点が1になることだってある」

声高に断定し、体育教師はじろりとこちらに視線を向けた。

俺は直感した。担任の友子先生の口から、職員会議で『鍔淵四郎・慶應大学法学部受験』の報告があったようだ。

都立牛込高校の教師の中に、一人として慶應出身者は見当たらなかった。教師連の学歴は思いのほか低い。

東大出の下柳校長は別格として、早稲田出身の友子先生が最上位だった。俺の志望校を知って、体育大学卒業の毒島がヘソを曲げたのだろう。

体育教師の眉間には深い縦じわが刻まれている。

「鰐淵、しっかり見届けるからな。前回、五〇メートルを泳ぎ切れなかったのはおまえ一人だ。それとみんな、ストレッチはしっかりしておくように。以上、起立ッ」

生徒らは立ち上がった。型通りの準備運動をすませ、名簿順にぞろぞろとスタート台に集まった。例によって俺は最後尾につけた。

アキレス腱《けん》を伸ばしていると、前列の渡辺がふり向いた。

「声優とミュージシャンのカップルってどう思う。そう、ぼくとナナのことなんだけど」

「知るかよ、そんなこと」

「どっちかっていうと、ぼくはアーティスト寄りなんだけどさ」

「勝手にほざいてろ」

実際、それどころではない。

貧困家庭に育ったので習いごとは一切してこなかった。進学塾や予備校に行ったこともなく、もちろん水泳教室へ通ったこともない。教育費はすべてカットされ、ガス代や電気代へまわされた。

突然、女生徒たちの歓声がわき起こった。プールに目を移すと、同組でスタートした由紀とソロモンが先頭争いをしている。なんとスポーツ万能のソロモンが、二五メートルプールをターンした時点で五メートルも引き離されていた。

由起の泳法はバタフライだった。それでも得意のクロールで泳ぐソロモンに大きく水をあけている。

バタフライの動きには躍動感がある。両腕をひと搔きさせる間にキックを二度放つ。水中で全身をクネクネさせるドルフィンキックの動きが特徴的だ。

白い水しぶきをあげる由紀は一気にラストスパートし、一〇メートルもの差をつけて圧勝した。

ソロモンの不敗神話は終わりを告げた。女生徒たちはプールのまわりで跳ねとびながら喜んでいた。

すっぴんの奈々が近づいてきた。付けまつげとチークを落とすと、顔の凹凸《おうとつ》がどこにもなかった。

「マーくん、由紀が武藤くんを倒したわよ」

「武藤ってだれ……」

注意力散漫の渡辺が小首をかしげた。

ソロモンがのっそりとプールから上がってきた。

「……俺だよ」

うなだれた姿勢の相棒を俺はフォローした。

「由紀は二百メートルバタフライの記録を持ってる。はなっからおまえに勝ち目はないよ」

「ちくしょう。女子に一〇メートルも離された。アフリカ出身の水泳選手なんてこの世にいねぇし」

「オレなんかもっとひどいよ。金槌《かなづち》なのに気力だけで泳いでる」

水泳の実技のたびに『鰐淵』という名字を呪っていた。皮肉にも水生動物の名を冠しているし、最終泳者なので嫌でもみんなの注目をあびる。

体育教師は嬉々《きき》として男子生徒らを叱り飛ばした。

「だらしないぞ。立花由紀の記録を超せる男はいないのかッ」

もちろん誰もいない。

元女子商業高校に入ってくる男子は、運動オンチの連中ばかりだった。

これまで俺が体育の評価で5をキープできたのは、逃げ足が誰よりも速いのと、相対評価の恩恵にあずかったからだ。

「最後の組、入れ！」

水泳の授業で飛び込みは禁止されている。最終組の俺は入水自殺者のように青ざめていた。恐る恐るつま先からプールに足を浸ける。すると、由紀がプールサイドから両手でメガホンをかたどって声援を送ってきた。

「がんばって、鰐淵くん！」

幼なじみの励ましも、女生徒の視線が集まるので迷惑なだけだった。俺は作り笑顔で軽く手をふった。

その時、由紀の手にストップ・ウォッチが握られていることに気づいた。機転のきく由紀が俺のレーンの計測係をかってでたようだ。どうやら水泳のタイムに下駄を履かせてくれようとしているらしい。

しかし、そのためには最後まで泳ぎきらなくてはいけない。プールに入ったとたん、二五メートルの距離がやたら遠く感じる。ここでためらっていては、前回と同じく一五メートル付近で脚が痙《つ》ってしまう。

毒島の低い声が頭上で響く。

「位置について、よーい」

間をおかず、スタートの笛がピーッと鳴った。

俺は深く息を吸って水中で姿勢を丸めこむ。それから両足でプールの壁を強く蹴った。ゴーグルの中に水が浸入し、一瞬で視界をなくしてしまった。

パニックに陥《おちい》って身体の自由がきかなくなった。

心まで遊離する。俺はなぜうまく泳げないのか。明確な答えなど見つけられるわけもない。クロールのフォームを意識しすぎなのだろうか。バタ足をしながら右手でかき、左手でかき、また右手でかく。小学生が初めて足し算をする時のように、いちいち頭の中で指折り数えるから動作がギクシャクしてしまう。

何度やっても、俺は息つぎのタイミングがつかめなかった。

スタート直後なのに、早くも息が苦しい。

食欲、性欲、睡眠欲よりも大事なものが世界には二つある。それが呼吸と哲学だ。どちらも脳を活性化させる重大な要素だった。

こらえきれず水面に顔をあげた。

やはり間拍子《まびょうし》が合わない。新鮮な空気だけでなく、ドッと塩素水が口中に流れこむ。足をつこうとしたがプールの底が深い。つま先は水中で行き場を失った。

プライドを捨て、必死に犬かきでもがく。

そもそも水泳の自由形は矛盾している。もし本当に自由なら、金槌の俺は有効なビート板を使ってバタ足で進む。

なんとか犬かきで前回の一五メートル付近を通過した。

そこで気がゆるみ、今度は鼻孔にまで塩素水が大量に侵入してきた。漂白剤をぶちこまれたように後頭部に激痛が走る。なかば意識が飛び、たまらず俺はコースロープの浮きにしがみついた。

それはレース棄権のサインだった。

耳奥に水が入ったせいか、体育教師の通告がぼんやりと遠くで聞こえた。

「第４コース、鰐淵しっかーく……」

新宿駅を出たとたん、夜のビル街に漂う独特のぬるんだ空気につつまれた。

今日の連れは渡辺正樹だ。改札口で落ち合った留年生は、白いTシャツにチノパンという無難な格好だった。

黄色い地肌はスパイスのきいたインドカレーを思い起こさせる。

渡辺があたりをうかがうように言った。

「鰐淵くん、せっかくの休日なのに呼びだしてごめんね。ずっと新宿に来たかったんだけど、ガイドなしじゃ不安で」

「情けねぇな。年上だろ」

「留年してるから同級生さ。見て、アルタ前はすごい。ここにいるのは皆、パンクバンドかラッパーなんだろうね」

「ヤクザと売人だろ」

ジーンズ地のつなぎを着た俺は、ワークキャップのツバをあげて周辺を見やった。

新宿駅が吐き出す人群れは異様だ。国籍からファッションまでつながりがない。それぞれが欲望のままに急ぎ足で歩いている。

渡辺が肩をすくめた。

「新宿は怖い。だけど池袋鰐と一緒なら安心だ」

「おい、大沢在昌《おおさわありまさ》の『新宿鮫《しんじゅくざめ》』と混同してないか」

「なに、それ。教えてよ」

「教えてもムダだ。おまえはおぼえる前に忘れちまうだろ」

「そうだね。晩飯おごるからさ、ぼったくられない店に連れてってくれ」

「任せろ」

俺は年上の同級生を先導した。

アルタ前を素通りして靖国《やすくに》通りの横断歩道を渡る。歌舞伎町の中央通りに入ると、そばの渡辺が素《す》っ頓狂《とんきょう》な声をあげた。

「すげぇ、すげぇよ！」

巨大なゴジラが俺たちを見下していた。

コマ劇場の跡地に出来たビルの屋上には『ゴジラヘッド』が設置されている。その下にある映画館付きの巨大ホテルは新宿の新しい名所だった。

はしゃぎまわる渡辺の尻を蹴っとばした。

「東京生まれだろ。ゴジラくらいで騒ぐんじゃねぇよ」

「ぼく、東村山《ひがしむらやま》出身だし」

「とにかく、新宿にゴジラとＯＬは合わない」

歌舞伎町もすっかり様変わりしてしまった。

都の条例がきびしくなって、抗争を続けていた外国人グループは強制送還された。そのまきぞえを食って日本のヤクザも一掃され、今では諸外国の旅行者が訪れる安全な観光スポットになっている。

そう教えてくれたソロモンは、『ゴジラが上陸して、よけいつまんねぇ街になった』と結論づけていた。

いま俺の目に映る新宿歌舞伎町は、ありふれた都心の繁華街にすぎない。かつて東洋の魔窟《まくつ》と呼ばれていた危険地帯は、安サラリーマンや女子大生らがコンパをひらく飲み屋街となっている。

俺たちはシネシティ広場をまわり、近くのしょんべん臭い雑居ビルに入った。

行きつけの北海道料理店『ひむろ』はここの一階にある。暖簾《のれん》をくぐると獣臭い匂いがした。二年前に出来た店だが、木張りの内装はレトロにまとめられている。店内は競馬で勝った中年男らと観光客でしめられていた。

俺たちはトイレ横にある二人掛けのテーブルに通された。

テーブルといっても、ビールケースを二段重ねたものに薄い板を乗せただけの簡素なものだ。俺はビール、下戸の渡辺はウーロン茶で乾杯した。目の前の鉄鍋にはラム肉と野菜が香ばしく焼けている。

俺は慣れた箸さばきでラム肉を裏返した。

「気に入ったかい、この店」

「ぼく、ジンギスカンは初めてだし、こういう雰囲気の店を知りたかったんだ」

「羊の肉は精力がつくしな」

最初に焼き上がった肉切れを渡辺の皿に乗せてやる。一口頰張った渡辺が目尻を下げた。

「醤油《しょうゆ》ダレの肉は最高」

「おまえは毎日カレーばっか食わされてるからな。そして後生大事に『純潔の誓い』を守ってやがる」

「たしかにカレーには飽きたけど、ナナとの仲は新鮮だよ」

「恐れ入った。牛高のカップルはみんな卒業まで三年間添い遂げるわけだ。いや、留年生のおまえはプラス一年多い」

「前にペアを組んでいた女生徒は最悪だったよ。ネパール人だったので、三年間ずっとヒマラヤ山脈の話ばかりしてた。名前もひどかったし」

「何だっけ」

「ヤバイ」

「それって」

「彼女の名だ。ヤバイさんは名前どおりヤバい女だったよ。落第したぼくがナナと新しいペアを組んだら、山刀で斬り殺されそうになった」

だが、本当にヤバいのは渡辺のほうだった。

そもそも、留年したら男女を問わず自主退学する。牛高で三年生をやり直すということは、バカという張り紙をおでこにくっつけて校内を歩きまわっているようなものだ。

しかし、前例は破られるためにあるらしい。

渡辺は何事もなく留年した。プライドがないのか、図太いのかわからない。そして彼は、ダンス部の吉田奈々と二度目の『純潔の誓い』を結んで幸せをつかんだ。

ラム肉を食いながら渡辺が言った。

「鰐淵くん、牛込高校に伝わる『山羊《やぎ》をめぐる話』は知ってるかい」

「『羊をめぐる冒険』なら知ってる」

いつものことだが、渡辺との会話は嚙みあわない。それでも、留年生は牛高きっての情報通だ。学校の怪談めいた逸話をのろのろと語りだした。

脈絡のない渡辺の話を要約するとこうなる。

牛高が女子商業高校だったころ、生き物係という学内活動があった。女生徒らはメスの仔山羊《こやぎ》を一匹飼って大切に育て、自分の妹のように可愛がった。だが二年くらい経った早春、近隣住民から山羊の鳴き声がうるさいという苦情が来るようになった。

夜更けにメーメーッと鳴くからたまったもんじゃない。責任を感じた当時の校長が真夜中に山羊小屋を調べに行ったという。

渡辺の声が一段と高まった。

「そこで校長が目にしたものは」

「がぜん盛り上がってきたな。何があったんだ」

「校務員のおじさんが、可愛いメス山羊をレイプしてた」

「ウッ、とんだゲス野郎だな」

俺は箸につまんでいたラム肉を鉄板にもどした。目の前のジンギスカンの臭いが我慢できなくなった。

「動物虐待で捕まったおじさんはこう証言したらしい。『あっちから誘ってきた』と」

「よく言うぜ」

「犯行は一年前から始まってたけど、鳴き声を出すようになったのは春先のことらしい。もしかすると性にめざめたのかな」

「擬人化されすぎだよ。聞けば聞くほど食欲が失せるぜ」

「おじさんは解雇。メス山羊は殺処分された」

「山羊が哀れすぎるだろ」

「供養もされず、墓もない」

「それで山羊をめぐる話は終わりか」

「まだ続く。その日をさかいに女子商業高校に、関東一円の変態たちが襲来するようになったんだ。解体された山羊小屋跡にやがて第二棟が建てられた。そこには女子更衣室がある。メス山羊の呪いは怖いよ」

渡辺は四人前のラム肉を一人で食いきった。土曜の夜に呼び出され、こんな最低な話を聞かされるとは思わなかった。

俺はつっけんどんに言った。

「食い終わったんなら帰るぞ」

「思い出した。大事な用がある」

「それを先に言え」

「AV女優の件だけど。君も少しは聞いてるだろ」

「知ってる」

いつかこうなることは予想できたが、ついに牛高の卒業生がAV女優になったらしい。出所不明の噂は男子よりも女子に重大視されていた。どうやら女生徒の進路に大きな影響を与えているようだ。

満足げにゲップをあげ、渡辺がつまようじを口端にくわえた。

「じつは目星がついてる。ぼくが一年の時に三年生だった人。つまり彼女は鰐淵くんの代と入れちがいで卒業したんだ。ＤＶＤを観た先輩によると、学生時代と変わらず色白でがっちりした体型らしいよ」

「手掛かりが少なすぎる」

「だからさ、映像を観ればわかると思う。とにかくエッチなＤＶＤを置いてる店に連れてってくれないか」

「吐きそうだ。行こうぜ」

会計は渡辺にまかせ、俺は出口へ向かった。

頭の中でメス山羊がメーメーッと鳴いている。早急に都心の薄汚れた空気で中和しないと持ちそうになかった。

店を出た俺たちは花道通りへ足を向けた。前方の四つ角には歌舞伎町交番があり、屈強な警官たちが目を光らせている。

中央通りとくらべると極彩色の華やかな電飾が少なかった。以前は見かけなかった外食チェーン店ばかり目につく。花道通りに建ち並ぶ風俗店も客の出入りが少ない。宵の口でシノギがきびしいようだ。

渡辺が声を低めた。

「鰐淵くん、ディープな感じになってきたね」

「いまじゃ赤坂のほうが危険かもな」

俺は軽くいなした。

キャバ嬢たちが、花道通りで割引チケットを誰彼なしに配っている。売れないホストも店外へ出て出勤途中のホステスに誘いをかけていた。そしてパトロールの警官の自転車が横切ると、誰もが愛想笑いを浮かべた。

俺は渡辺を引き連れ、迷うことなくビデオショップに入っていった。お互いに老け顔なので、飲み屋でもパチンコ店でも注意を受ける心配はない。

店内では五〇型テレビ画面が俺たちを出迎えてくれた。

ウェルカムサービスは新作の洋モノだ。新作紹介のポップには『モスクワより愛をこめて。オリンピック候補生衝撃デビュー』と書いてあった。

渡辺が棚をあさりはじめた。

「吐き気が止まらねぇ。早く見つけろ」

俺はのろまな留年生をせかした。だが、渡辺はスローペースを堅持している。

無駄な時間が二十分も過ぎた。

「これだ！」

渡辺が興奮ぎみに入り口付近を指さした。ふり向くと、テレビ画面にはさっきの肉付きのよいロシア女が映っていた。素っ裸で微笑みながら、わざとらしくたどたどしい日本語で自己紹介をしている。

「……ニッポンノミナサン、コニチワ。ワタシノナマエワ、リリア・ミフネビッチ」

「えっ、こいつが牛高出身だって」

俺は頭を抱えた。

校内にハーフや外国籍の生徒は掃いて捨てるほどいるが、白系ロシアの血を引く者は皆無だった。

渡辺が自信たっぷりに言った。

「このAV女優の正体は、純日本人の児玉香代子」

「それって早稲田大学に合格した砲丸投げの……」

「まちがいないよ。めずらしい逆三角形の耳に見覚えがある」

「耳まで整形する女はいないからな」

「ぼくの目はごまかせない」

青い瞳はカラコン、乳房はシリコン、彫りの深い目鼻立ちはすべて整形らしい。両耳以外、原型は見事に消え去っていた。

牛高のレジェンドとされる女子砲丸投げ選手が、ロシア人に変身したとなれば、それはもうメス山羊の呪いとしか言いようがない。

「とにかく出よう」

口元を右手で押さえ、俺は足早にアダルトビデオ店から脱出した。

それにしても砲丸投げのトレーニングで鍛え抜かれた女の裸身は、吐き気がするほど頑健だった。胃の中で暴れるラム肉を俺は必死になだめた。

一足遅れて渡辺が自動ドアから出てきた。笑顔を浮かべ、手柄顔で紙袋をガサガサと振っている。

「証拠品押収。自宅に帰ってビデオでしっかりと検証するよ」

「なら、ここで解散だ」

「思いだした！」

「何言ってる。もう勘弁してくれ」

「そうはいかない。いまから言うことが、今日の中でいちばん大事な用件なんだ」

「大事なことは最初に言えよ」

とても付き合いきれない。俺はきつく眉根を寄せた。

だが、渡辺はのほほんとした表情で言った。

「鰐淵くん、ぼくとバンド組まない？」

「バカか、おまえ」

俺は提案をはねのけた。

グズな渡辺がめずらしく食い下がってきた。

「まとめ役の鰐淵くんがいなきゃダメなんだ。君と一緒なら何をやってもうまくいきそうな気がする」

「おまえと一緒だと、きっと何をやっても失敗する」

「ボーカルを任せてもいい」

「知るかよ、そんなこと。早く帰んな。来た道を引き返せば新宿駅につく」

渡辺をその場に置き去りにして、俺はサッと背を向けた。

歩きながらワークキャップを目深にかぶり直す。エンジニアブーツの音を響かせて花道通りを直進した。

俺は楽器一つも弾けない。カラオケだって音程のないラップ専門だ。どのみち渡辺が思いつくことはすべて裏目に出るのだ。

そういえば、渡辺の無機質な瞳は山羊そのものだ。絵に描いたような草食系男子で、女の言うがままに生きている。案外、そんな生き方も悪くないのかもしれない。

俺は吐き気をこらえて歩を速めた。近場の新宿三丁目駅から地下鉄丸ノ内線に乗って帰宅するつもりだった。

ネオンがまばらになった。労働者風の若者など、新宿の花道通りでは人目をひかない。この淫猥《いんわい》な裏町を徘徊《はいかい》するのは、年齢不詳で性別不明の連中ばかりだ。

一様に頰のこけたポン引きらは路地奥にひそんでいる。

中央通りのキャッチと少し狩りの仕方がちがうようだ。ハイエナどもの狙いは、通行人よりも居酒屋から出てくる酔っ払いらしい。俺の足どりが確かなので、ポン引きは声をかけてこなかった。

古さびた外灯の下、ボストンバッグを手にした少女がうなだれていた。堅太りで化粧も雑だった。一昔前に流行った水玉模様のスカートを腰高にはき、白いブラウスは薄汚れている。どこから見ても地方からの家出娘に映った。

田舎くさい少女が、すがるような目付きで俺を見た。

「あのぅ、東西線の駅はどこにありますか」

「近くにはないよ。いったん新宿駅から高田馬場へ行って乗りかえないと」

「千葉の浦安に親戚がいるんですけどぅ、もう夜更けだし」

街娼《がいしょう》の常套手段に俺は話を合わせてやった。

「つまり今夜は泊まる所がないってわけだ」

「そうですぅ。実際にそうなんですよぅ」

少女が切なげな上目づかいで言った。妙に間延びした語尾に聞き覚えがあった。

こいつは街娼ではなく男娼だ。

新学期に牛高の女子更衣室へ忍びこんだジョン1号にまちがいなかった。

二度と出逢いたくないヤツと再会するのが人生というものらしい。下柳校長の独断で無罪放免となった変態男は、性懲《しょうこ》りもなく女装して男漁《おとこあさ》りをくりかえしていた。

やはり新宿歌舞伎町は東洋の魔窟かもしれない。暗がりの奥から異形の者たちが次々と出現してくる。

「おい、ジョン。『イマジン』が聞こえるだろ」

「……ええ、聞こえてきた。昔は大好きな曲だったけど、いまは発売禁止にしたい気分。あの時は校庭で黒い魔物に追われ、正門前では巨大な白い怪物に襲われた」

「いつまでこんなことやってんだよ」

「何度つかまっても性癖って変えられない。それは呼吸をとめろって言うのと同じこと」

外灯の支柱にもたれかかり、家出娘モドキが居直った。

俺はうなずくしかなかった。いかがわしい女装や男装だけでなく、よく考えてみれば読書好きや勉強嫌いもすべて個人の性癖なのだ。

「なら、勝手にやってろ」

「なによ、ガキがえらそうに。こっちは体を張って世の中と戦ってんだよ。これまで何度も警察にしょっぴかれてさんざんいたぶられた。差別的で厳しい訊問《じんもん》は、どこの国でも拷問と同じなのよ」

はーい、辛気くさい話が続いてるし少し休もうか。

変態男のたわごとなど、人生の教訓にもなりゃしない。それに王の父ちゃんの獄中談とも話がかぶってるけど、一応頭の片隅に残しといてくれ。

ジョンの罵声を背に、俺は歩を早めて区役所通りへと歩いていく。

店じまいした麻雀屋の前まで来ると、アラブ系の一本眉の男たちがたむろして紫煙を吹いていた。甘くむせるような匂いは上物の葉っぱにちがいなかった。

この先の風林会館近くに王鈴麗が経営する風俗店がある。土日は一人息子の王明陽がバイトで用心棒をつとめていた。

気分直しに、俺はチャイニーズマッサージ店の『ジャスミン娘』をめざした。だが、それとおぼしきネオンが見当たらない。

ふいにデニムのショートパンツ姿の二人組が近づいてきた。客引きの女たちは俺の風体を見て、性欲のたぎる電気工だと勘ちがいしたらしい。

「おにいちゃーん、色んなサービスしてあげるよ」

聞きなれたアニメ声だった。

「お酒強そうね、お店に入って一緒に飲みましょう。おさわりだってできちゃうかもよ。セット料金は三千円ぽっきり」

もう一人の女もよく知っている。

アニメ声は吉田奈々。連れの風俗嬢はフィリピン系女子グループのブリトニーだ。共に牛高が誇るカースト下位の気の良い女生徒たちだった。

「何やってる、おまえら」

俺はワークキャップを外した。

キャバクラ店『ハイソサエティ』の前で、二人はガサ入れをくらったみたいに立ちつくした。そこは一月前まで『ジャスミン娘』があった場所だ。季節ごとに店名を変え、警察の目をかわしているらしい。

　歓楽街の片隅で三人だけの沈黙が生まれる。

　正気に戻った奈々が懇願した。

「おねがい、このことは誰にも言わないでね」

「ついさっきまで渡辺と一緒だった」

「えっ、ヤバイ」

　渡辺の元カノの名を奈々が口にした。やはり『純潔の誓い』で結ばれたカップルが発する言霊《ことだま》は微妙に共鳴し合うらしい。俺は訳知り顔で言った。

「わかってる、ヤツには言わない」

「知ったら、マー君はショック死しちゃうかも」

「心配すんな。オレは口が固いから」

　料亭勤めで秘密厳守が身についている。チップをもらっちゃいないが、幸せなカップルの仲をぶちこわすほど野暮ではない。

へそ出しルックのブリトニーが、悪びれることもなく俺の肩に手をのせた。

「同級生だし、セット料金を二千円にしたげる」

「よく言うぜ。ナナ、状況を説明しろ」

「牛高のＰＴＡ会長に誘われたの」

「鈴麗に！　息子の王は知ってるのか」

「彼がスカウトマンよ。一人あたり三万円の手数料も取ってるわ。そんなことより今夜は楽しみましょう。店内には他の牛高女子も三人ほどいるし」

「同窓会じゃねぇんだ。やめろよ」

俺の制止もきかず、二人が笑いながら左右から抱きついてきた。たちまち安化粧の匂いにむせかえった。

限界だった。

すべての事象が我慢できなくなった。猛烈な吐き気に襲われ、俺は二人を押しのけた。

「鳴いてる」

「何がァ……」

奈々がアニメ声で問いかける。

それにはこたえず、暗いビルの路地にかけこんだ。全身が震えて頭がくらくらする。

立っていられず、その場に四《よ》つん這《ば》いになった。

薄れる意識の底で、哀れなメス山羊がメーメーッと鳴いている。呪われた俺は呼応し、ゲーゲーッと盛大に嘔吐《おうと》した。

牛込高校に入学してから初めて病欠した。

下っ腹がシクシクと痛む。どうやらツキが落ちたらしい。慶應受験を表明して以来、ろくな目に遭わない。好循環の歯車が剝がれ落ちたようだ。扉をひらいた新しいステージは、やはり相当な難関だと察せられる。

教師連の俺を見る目が急にきびしくなった。水泳の実技テストで溺れ、格安のジンギスカン鍋に手を出して食あたりした。

「あちぃ」

うだるような午後、俺は誰もいない老朽家屋の一室で呻吟《しんぎん》していた。扇風機のパワーを全開にする。布団に寝転がり、天井の染みをぼんやりと眺めた。

生活圏が赤坂といえば聞こえはいいだろう。

しかし、俺たち親子が暮らしているのは料亭天草の社員寮の一階だった。

ビル街の狭間《はざま》に建つボロ家は真っ昼間でも日がささない。二階には店で働く若い板前さんたちが共同生活をしていた。風呂場は設置されているが、エアコンがついていないので夏場はきつい。

チャイムが鳴った。

俺はけだるく返事した。

「鍵は開いてる。勝手に入ってきて」

路地裏の社員寮までたどりつける人物は限られている。

きっと遊び仲間の小坂涼だ。慶應高校に通っているので、日吉《ひよし》からの帰途に立ち寄ったのだろう。

だが、部屋に入ってきたのは立花由紀だった。

「どうしたのよ。鰐淵くんが学校を休むなんてめずらしい」

「渡辺も休んでたろ」

「いつもどおり元気だよ。昼休みにナナちゃんの作ったカレーを美味しそうに食べてた」

「……負けた」

どうやら山羊の目をした留年生は、焼却炉並みの胃袋を持っているようだ。

「教えてよ、何があったの？　ケーキあげるから」

由紀は差し入れの紙袋を見せた。

起き上がった俺は、冷蔵庫から麦茶を取り出してコップに入れた。

「教えない。そのかわり冷たい麦茶をどうぞ」

「なら、聞かない。話せることだけ話して」

由紀は聞き上手だ。話の腰を折らないし、相づちもテンポがよくて嫌味がなかった。そして、俺の立場が危うくなるようなことはけっして他言しない。

俺たちはテーブルに向かい合わせですわった。

目の前のチョコレート・ケーキは見るからに重そうだ。下痢ぎみの俺にはとても食えそうにもなかった。

テーブルに両肘をついて話を転じた。

「由紀、この前のバタフライすごかったな。五〇メートル自由形で、クロールのソロモンを一〇メートルも引き離した」

「だって、こっちは水泳を習ってたし。鰐淵くんもけっこう笑いをとってたじゃないの」

「ブザマの一言に尽きるよ」

「でも、すごくがんばってたと思う。中学時代までまったく泳げなかったんだから。高校に入ってから見ちがえるほど能力が高まってる。進路相談ではどうだったの？」

思わず、『慶應義塾大学法学部受験』と喉まで出かかった。

だがそう伝えれば、赤江純子の尻を追っかけていると思われてしまう。合格する可能性はまったくないのだから、この無謀な試みは絶対に隠蔽《いんぺい》しなければいけない。

幼なじみの質問を、俺はうまくはぐらかした。

「たぶん早稲田の教育学部を受ける。友子先生に勧められてさ」

「すごい。教師になるんだね」

「日本史教諭の佐竹を見てたら、まったく責任がなくて楽な稼業だと思ってね」

「鰐淵くんは、デキない生徒にもやさしく接するから適任だと思う。最近じゃ落第生の渡辺くんの面倒も見てるし」

「由紀も大学進学だろ」

「美大に行くつもり。それより、ケーキ食べないの」

「あとでいただく」

俺はコップを手にとり、冷たい麦茶を胃へ流しこんだ。

港区在住の立花由紀とは家が近い。小学校の時から同窓で、そのまま同じ区立中学校へと持ち上がった。ＰＴＡ活動で母親同士が親しくなり、今も家族ぐるみの付き合いを続けている。地区をまたいで、俺が池袋駅近くの怪しげな高校に進学した際も、由紀は何食わぬ顔でついてきた。

あまりに近しい仲なので、年頃になっても異性として意識したことはなかった。

「最近、お父さんの顔を見ないわね」

「国宝に指定された松江城へ取材に行ったきりさ。一週間前に彦根城の絵ハガキが届いたから東京に戻りつつあることは確かだ」

「似たようなものね。うちの父も単身赴任で福岡に行ってるし」

立花家は購入したマンションのローンに追われ、両親は共働きをしていた。

港区住民の平均年収は一千万を超えている。区内では下層に沈潜する両家族なので、こちらの窮状ぶりを知られても平気だった。

「とにかく、明日は登校するから」

「それを聞いて安心した。じゃあ、帰るね。はい、これ……」

由紀はカバンの中からクリアファイルを取り出した。

一番上に入っているのは佐竹の日本史だ。ちらりと見ると、六月なかばだというのに『大化の改新』で停滞していた。

「ありがと。おかげで気分が良くなったよ」

俺は由紀の背中に声をかけた。ふり返らず、手だけ振って彼女は部屋から出ていった。

洗面所の鏡の前に立ち、手早く髪型をオールバックにする。身なりを整えた俺は、ケーキの紙袋を持って社員寮をあとにした。

学校は欠席しても、下足番の仕事を休むつもりはない。

心因性の腹下しも治ったし、笑顔で仕事もこなせそうだ。俺はきつい斜面の『転《ころび》坂《ざか》』をゆっくりと下っていった。

この周辺には三十近い坂がある。坂上には高級マンションが建ち並び、坂下はビジネス街になっている。社員寮はちょうどその中間にあって、転坂の斜面に建っていた。

「失礼しまーす」

一礼して内玄関から入っていく。

母の早苗が、仲居頭の表情で今夜の客を伝えてくれた。

「シロー、こっちおいない。七時に黒川総理が来はるよって菊の間に通して。あとは小唄の会が八時に桔梗の間で」

「かしこまり。はい、由紀から差し入れ」

俺はケーキの入った紙袋を献上した。

受けとった母が微笑んだ。

賀茂川《かもがわ》の水で産湯をつかったという母は情が強《こわ》い。売れない物書きとの結婚を反対され、呉服屋の跡継ぎ娘はすべてを捨てて駆け落ちしたらしい。

以後は周囲の予測どおり貧困生活に甘んじている。俺が生まれたあとも、実家との縁は切れたままだった。

「あんたら二人、いくつになっても仲ええんやね」

「幼なじみだし」

「ちょっとオヘチャやけど、お嫁さんにしたげぇな」

「ただの友だちだよ。ケータイの一番目に入ってる女の番号は母さんだから」

牛高には五百人ほどの女生徒がいるが、アドレスを交換しているのは由紀ひとりだけだった。つまり、童貞番長の俺は二人しか女をキープしていないのだ。

いつもどおりガレージを開ける。

表通りの建物は工事中だった。三ヵ月前まで、そこには老舗《しにせ》の料亭があった。年ごとに赤坂の高級料亭は減っていき、いまでは六店しか残っていない。かつて高度成長期には、『永田町より赤坂で政治が動く』とまで言われていたらしいが、それもすでに昔話だ。

華やかだった赤坂の料亭街は衰退の一途をたどっている。だが、どんなに不景気でも政財界のトップが訪れる『料亭天草』は、赤坂におけるシンボル的な存在だった。

下足番の俺からすれば、悪名高い政治家や財界人は最良の上客だ。大企業の老社長らは、ハイヤーのドアを開けるだけで多額の心付けをくれる。

その一方、俺は時代の寵児《ちょうじ》とされるＩＴベンチャー企業の青年社長たちが大嫌いだった。妙に調子づいた彼らは赤坂の料亭を過去の遺物と断じ、年増芸者の粋な小唄や踊りの妙技に見向きもしない。連中は六本木界隈のしゃれた店に出入りし、若手女優らを両脇にはべらせて悦に入っているらしい。

なによりもＩＴ関係者は金離れが悪い。料亭で無駄金を使うことがいっぱしの男の証《あかし》なのに、そのことにまったく気づいていない。

これまで多くのニューヒルズ族が一見《いちげん》で『料亭天草』に来店したが、下足番にチップを出した者は一人としていなかった。

普段どおり掃除をすませて来客に備えた。

下足番にとって今夜の目玉は小唄の会だ。財界人ばかりなので、首尾よくいけば法外なチップが得られる。

俺は頭の中でシミュレーションした。

車に近寄り、すばやくドアを開けて作り笑顔を向ける。どの常連客が何の車に乗ってくるかも脳内で整理した。もちろん、秘密厳守の料亭ではメモを取ることはゆるされない。

車種やナンバープレート、右ハンドルか左ハンドルか。また、どの位置に停車させる癖があるかなどはすべて記憶している。さまざまな情報を頭に叩きこむことで、チップは『ドクター野口』から『樋口一葉女史』や『福沢諭吉先生』にアップする。

通常国会が終わり、赤坂に夜が訪れた。

俺は目の端に黒っぽいセダンをとらえた。黒川総理は専用車として国産のレクサスを採用している。

駆け足で近づき、慣れた手つきで左ドアを開けた。

少し疲れた表情で総理が車から降りてきた。銀ぶちメガネの奥にあるやさしい瞳が俺をとらえた。

「いつもごくろうさま。がんばってるね」

国会答弁が長引いたらしく声が嗄《か》れている。

俺は一礼した。

「はい、元気だけが取り柄です」

「期待してるよ。日本の未来は君たちの双肩にかかっている」

下足番が日本の将来を担うことはないだろう。

だが、俺はにっこりとうなずいた。

自分勝手で欲深い大人たちが積み上げた一千兆円の借金は、すべて俺たちの世代に丸投げされている。まともに働いても、どうせ返せる額ではない。俺たちは無力だし、未来はひたすら暗いのだ。

「こちらへどうぞ」

俺は慣れた所作で応対した。顔なじみなので、相手が日本の指導者でも臆することはない。そのまま玄関へと案内する。黒川総理の前後を屈強なＳＰたちが護っていた。

総理は一度もチップをくれたことがない。

きっと、誰かに金を渡す場面を見られたくないのだろう。どこからが賄賂や贈収賄にあたるのか俺には見当もつかなかった。だが今夜は、下足番の誇りにかけて、何としても黒川総理からチップをせしめたかった。

総理の靴を下駄箱に収めて定位置へ戻る。

ガレージ内にレクサスが入っていることを確認し、シャッターを閉めた。総理専用車が駐車している間は、安全確保のために他の車は入れてはならない。

長い待ち時間をつないでくれるのはやはり文庫本だ。パイプ椅子に腰かけ、『ジャッカルの日』のページをめくった。

三十分後、店前に次々と外車がやってきた。

文庫本のページを閉じ、小走りに表通りに出た。俺の顔に浮かんだのはまちがいなく本物の笑顔だ。老社長たちが集う小唄の会は、下足番にとって七が三つそろったジャックポットなのだった。

赤坂の常連客は坂上の住民が多い。昔から彼らは花柳界を愛していて、料亭で気持ちよく散財してくれる。

予定通り車のドアを十二回開け、チップがポケットからこぼれ落ちそうになった。脳から分泌される快楽物質を、俺はポーカーフェイスで押し隠す。

出迎えに出てきた女将さんにちゃんと報告した。

「小唄の会のみなさまから祝儀袋をいただきました」

「いくら」

「数えてません」

「体調が悪いのに来てくれたのだから、四郎ちゃんがぜんぶ取っときなさい」

店のルールでチップは女将に渡すことになっている。そのあと従業員全員で分配する。けれども女将さんは俺からチップを集めたことはない。

予約客たちがすべて来店したので、俺の仕事は九割がた終わってしまった。ガレージの中にパイプ椅子を戻し、『ジャッカルの日』を読みふける。

フレデリック・フォーサイスのサスペンス小説は数ページ読むだけで興奮する。フランスのドゴール大統領を暗殺するというプロットにはリアリティがあった。

冷酷無比な暗殺者ジャッカルは、その筋の者たちにも影響を与えたらしい。国際テロリストのベネズエラ人は、この本にちなんでジャッカルと呼ばれていた。アメリカのブッシュ大統領をジョージアで殺そうとしたのも『ジャッカルの日』の愛読者という説もある。じっさい、現大統領のトランプも絶えず危うい状況なんだろうな。

近くで人の気配がする。異変に気づいて視線を向ける。

そこには黒川総理が立っていた。

「ちょっと場所を借りるよ」

気さくな口調で言って煙草に火をつけた。俺は常備していたポケット灰皿をさしだした。

「どうぞ、お使いください」

「けっこう我慢強いつもりだが、煙草だけはやめられない。記者がいるところでは絶対に吸わないが、君の前なら安心だ」

「重大な国家秘密ですし、誰にもしゃべりません」

黒川総理が品良く笑った。近くに警護のＳＰの姿はなかった。

俺は日本の総理大臣と二人きりになってしまった。

その距離は八〇センチ。今ならナイフ一本で総理を殺せる。料亭の下足番の正体は凄腕の暗殺者。そんなイメージが湧くのは、ジャッカルの雄姿が脳裏に残っているからだろう。

長身の黒川総理は背を丸め、悄然《しょうぜん》と煙草を吹かしている。淡い灯《ひ》の下、権力者の孤独がひしひしと感じとれた。

「君も一本どうだ」

「結構です」

「うっかりしてた。未成年なんだよね」

「十八です」

「なら、選挙には行ける。新たな有権者になった若者たちは、投票年齢引き下げについて何か言ってるかい」

「みんな喜んでます」

俺はあたりさわりのない返事をした。

断言するが、牛高の生徒たちはそんな法案成立など知らない。政治への無関心は親ゆずりだった。

「具体的に聞かせてくれないか」

「やはり、政治的な責任を負うことは少し怖いです。でも選挙にはかならず行きます」

「で、どの党に投票を」

「政策で決めます」

「私の掲げる政策はどうかね」

試すような目だった。

俺は走り読みした新聞の切れはしを頭の中でつなぎ合わせた。

「総理が提言された政策の中では、『女性の社会進出支援』に賛同しています。うちも母子家庭ですから」

もちろん両親は離婚していない。黒川総理の前で、俺は平然とウソをついた。

紫煙を吐きだした総理が穏やかな声調で言った。

「この世は女性の力でまわっている。『料亭天草』だってそうだよ。女将さんの下で働く仲居さんや芸者さん。料理人まで女性を雇ったそうじゃないか。そのこまやかな気配りには頭が下がる」

「おっしゃる通りです」

「少子高齢化という要因もあるが、やはり女性が社会の真ん中に出なければ日本はまわらない。『女性活躍推進法』も成立したことだし、女性たちにはいっそう輝いてほしい」

「そうなれば良いですね」

「有事の時はなおさらだ。性差別が激しく国情の乱れた中東において、銃をとって最前線で戦うクルド族の女性兵士らはみんな美しいよ」

「えっ、若い女性も召集ですか」

「このまま長期政権がつづき、足枷《あしかせ》となっている憲法九条が改定できればの話だがね」

彼は真顔だった。

俺は絶句した。まさか血なまぐさい戦場で、女性たちを総活躍させようとでも思っているのだろうか。

上品な黒川総理こそ、日本で一番の危険人物だと感じとれた。

だが、一国の総理大臣が若い下足番に語った言葉にはそれなりの重みがある。だから、これはかならず長い人生の中で何度も論議することになるだろうよ。

その夜。作中の殺し屋ジャッカルは銃弾の狙いを外し、ドゴール大統領の暗殺に失敗した。俺はといえば、またも黒川総理からチップをもらいそこねた。

どちらも、わずか煙草一服の出来事だった。

第四章　六月のメリー・クリスマス

アインシュタインは自転車に乗りながら相対性理論を考えついたという。そして偏差値44の俺は、一生かかってもその超絶の方程式は理解できないだろう。

わかったことは、アインシュタインがちゃんと自転車に乗れたという事実だ。王明陽とちがってね。

「ツァオニマ！」

巨漢は真夏の日差しに悪態をついた。

俺たち二人はベンチにすわってアイスをなめていた。下校時に王のママチャリが大破してしまったのだ。しかたなく池袋西口公園で休憩することになった。

俺はつっけんどんに言った。

「マラソンランナーが練習シューズを履きつぶすってのはあるが、一ヵ月ごとに自転車を乗りつぶすなんて」

「王は悪くない」

「おい、三人称を使うと他人ごとみたいに聞こえるな。それに、おまえ先月よりでかくなってるだろ」

「チローちゃん、このママチャリは中国製だよ。かれらのつくるものはぜんぶイミテーションの粗悪品」

政治犯の実父が獄死したせいか、中国に対する王の嫌悪感は徹底している。そのくせ、王が購買する品々はすべてメイドイン・チャイナだった。

ここ半年で王の体重は二〇キロほど増量していた。

あごは完全になくなり、吐く息もやたら荒い。ぶっとい両脚をねじこんだXLの黒ズボンからは尻の割れ目が見えている。半ケツ状態なので、賞味期限切れの肉マンみたいな臭気を放散していた。

肥大したのは身体だけではない。王の邪悪な精神もぶくぶくと膨れ上がり、会話の五分の一を『ツァオニマッ』で埋めるようになった。

俺たちの前を十人ほどの男子高校生が横切った。そのうちの一人が俺に気づき、ベンチの前で棒立ちになった。

かたわらに王がいるので、強気の俺はだらりと伸ばした両脚を傲然と組みなおした。

「どけ、めざわりだ」

王が赤濁りの目をむけると、集団はわれ先に逃げ散った。『池袋鰐』の盛名が広がって以来、ブクロを徘徊する高校生らが俺に挨拶をするようになった。

しかし、『ワニ狩り』の挑戦者がゼロになったわけではない。

用心棒として一仕事終えた王が、早くも空になった胃袋を満たそうとしている。

「チローちゃん、中華行こうよ」

「いつもの汚くてまずくて量だけ多い店なら行かない」

「なぜだろ。二人で食べると一層おいしくなる」

「その前に瘦せろって」

「王は骨太なの」

「肉太だろ」

「こうなったのもぜんぶ母ちゃんのせいだ」

「またかよ。一人っ子政策で甘やかされたからだって言いたいんだろ」

「ちがう。母ちゃんの存在がストレスなの」

「おまえたち親子、本当は仲良いんだよな。母親の風俗店に牛高の女子をスカウトしてるだろ。マージンだってもらってるし」

王鈴麗が経営しているキャバクラ店は、いまや牛高女子の恰好のバイト先になっていた。

女子たちの金まわりは明らかによくなった。客からもらったブランド品を見せびらかすので、校内の盗難事件数は最貧民国レベルにまで上がってしまった。

「それは慰謝料みたいなもんヨ。いつか母ちゃんにドでかい仕返しをする」

巨漢は王鈴麗と同じ虹彩の瞳を光らせた。もし五〇キロほど皮下脂肪をそぎ落としたら、絶世の美男が現出するかもしれない。

異性に対しての極度な無関心は、すべて美しい母親へのコンプレックスで説明がつくと俺は考えている。

アイスが溶け出し、汚れた手首を王がねぶりまわした。公園で遊ぶ子供らを奇声をあげて威嚇し、ハトが近寄ってくると踏み潰そうとする。

王のやることは何もかも非道だった。

「チローちゃん、ご飯つきあってよ。腹がへって死にそうだ」

「オレは自転車だし、おまえは一人で食って電車で帰れ」

「ツァオニマッ」

王は憎まれ口を叩いて公園から歩き去った。

ムチムチした尻がむきだしだった。腐肉の匂いがする半ケツを見ていると、また吐き気が襲ってきた。

深呼吸して嘔吐感をしずめる。それから両脚をのばして午後の西口公園をゆったりとながめやった。ここは通称『池袋ウエストゲートパーク』。

いまは悪漢の姿も消え、池袋駅前は平穏をとりもどしている。子供連れの母親グループが無駄話に興じ、公園内の噴水では大胆なカラスたちが水浴びをしていた。

立ち上がった俺は自転車に乗り、メトロポリタンビルの裏道をゆっくりと走った。日陰だと強いビル風も逆に心地よい。

ボディガードの王と別れ、俺は一人きりだった。

ふっと嫌な予感にとらわれる。先ほどの高校生たちが待ち伏せていたら、池袋鰐は簡単に狩られてしまう。

バイクの排気音が背後から迫ってくる。ワンブロックほど直進したあたりで追い抜かれ、赤いアメリカンバイクに進路を阻まれた。

やはり狙いは俺のようだ。

車体を横にしてバイクが止まった。フルフェイスのライダーは細身の女だった。タイトなタンクトップが蠱惑的《こわくてき》だ。濃紺のスキニージーンズは、全身のあらゆる曲線を強調している。ライディングブーツをコツコツと鳴らし、降車した女性ライダーが近づいてきた。

ボディガードのいない俺は女相手に立ちすくむ。

「なんだ、おまえ」

それだけ言うのがやっとだった。女は黒いミラーシールドをあけた。

「あーしは足立《あだち》女子家政高校のミリア。都内の家政科高校の頭だ。あんたが商業高校を束ねてる池袋鰐だね」

「そう呼ばれてるけど」

俺は苦笑する。

共に低レベルの二人だった。だが、彼女は闘志をむき出しにした。

「商業の連中は家政科の女子を見下して囲いこもうとしてるようだね。あーしとしては我慢ならない。勝負しよう、タイマンで」

「いや、急ぎの用があるから」

どうせなら、「女は殴らない」と言うべきだった。

港区育ちの俺は、足立区の女に勝てる気がしなかった。

「このタイミングしかない。あの化け物と別れるのを待ってたんだ」

誰から見ても、やはり王はモンスターとしか映らないようだ。けれども、今となれば悪の申し子がひたすら頼もしい。

俺は見苦しく言いつのる。

「少なくともここは池袋警察署のおひざもとだ。君の格好は刺激的だし、オレはきっちりした制服姿。殴り合えばすぐに警察がとんできて、不良少女の君は捕まる。だからしかるべき場所でまた会おう。ハイ、おつかれさま」

俺は早口でまくし立てた。

自転車で走り去ろうとしたら、足立の女に左腕をつかまれた。

「待ちな。ここがタイマンの場所に一番ふさわしいんだよ」

「人目もあるし、言ってる意味がわかんない」

「ついてくればわかる。チャリはそこへ置いときな」

そう言って、ミリアはヘルメットを外した。

ひきしまった身体とは対照的に顔の輪郭が丸い。印象的な垂れ目が俺を見つめている。

ミリアは自分のバイクを道路脇に置き、そばの鉄柱に太いチェーンで巻きつけた。どうやら何日も前から池袋駅界隈の下見を済ませていたらしい。

「来なよ」

ミリアは強引に俺を自転車から降ろした。

予想以上の腕力だ。無抵抗の俺はずるずると引きずられ、横手にあるラブホテルに連れこまれた。

俺は暴走族にさらわれた少女みたいに身をよじった。

「なにをするつもりだ」

「話し合いだよ。わかるだろ、個室でじっくりと二人っきりで」

「つまりはボディ・トークか」

やっとミリアの意図がわかった。

トップ同士が親密になろうとしている。これは政略結婚の一種だ。あるいは商業高校と家政科高校の合併話なのかもしれない。

ロビー内に入ると、それぞれの部屋がパネルで表示されていた。さっさと受付を済ませ、ミリアは俺を二階にある角部屋まで引っ張っていった。二時間四千円のラブホなので、遊び心のカケラもない安っぽい造りだ。汚れた鏡だけがやたらでかい。

いつも社員寮のせんべい布団で寝ている俺は、白いシーツで覆われたクイーンサイズのベッドに圧倒されてしまった。そんなことより、女と一緒にこんないかがわしい場所に来たのは初めてだった。

「こっちにおいでよ」

ベッドに横ずわりしたミリアが手招きをした。

「ちょっと待ってくれ」

腰がひけた。

すでにタイマンの勝負はついている。経験値の高い足立の女番長に、赤坂の童貞番長は太刀打ちできない。

「あんたのこと、なんて呼ぼうか」

「鰐淵、鰐淵四郎だ。どうとでも呼んでくれ」

「やっぱ、池袋鰐でいく。あーしのことは小菅虎《こすげとら》で夜露死苦《ヨロシク》」

たがいに語呂が悪すぎる。

もし今日を境に親密になったとしても、ベッドで相手の名を呼ぶとき気分が萎えてしまうだろう。

窓から差しこむ夕陽を浴びながら、小菅虎は黒いタンクトップを脱いで俺に投げつけた。この場におよんでも安全策を探る俺は、まだブレザーをしっかりと着こんでいた。

すかさず、小菅虎が言葉攻めしてきた。

「池袋鰐、あんたまさか初めてじゃないよね」

「小菅虎、おまえこそ処女じゃないのか」

絶対にありえねぇ。フェロモン全開の女番長は、きっと足立区の不良たちを総ざらいにしているはずだ。

だが、小菅虎はまんざらでもなさそうだった。

「そうかもね。横にきてよ。さみしいじゃん」

「おや、虎じゃなくて子猫ちゃんなのか」

チェリーボーイとバレぬよう、俺は遊び人風に言った。だが優勢に立ったのはその一瞬だけだった。

彼女は手早く下着をはぎ取り、またも俺に投げつけた。

俺は女の裸身を真正面から見つめた。砂時計型のくびれは美しく、若々しい肌がはちきれそうだった。

「対等の同盟だよ、池袋鰐。それでいいよね」

「君にまかせる、小菅虎」

他に方策はない。彼女にリードしてもらわないかぎり、何一つ事は進行しないのだ。俺はベッド隅にちょこんとすわった。

完全にアウェーだ。主導権を握った彼女は俺の制服を魔法のように脱がし、ワイシャツのボタンを器用に外していく。

冷たい女の手が下腹にふれた。

心の内側がジワリと溶ける。どちらともなく唇をあわせると、俺たちは急に重力に逆らえなくなってベッドに倒れこんだ。

俺の愛読する小説の主人公は、孤独に生きる男たちばかりだった。とくにハードボイルドものに登場するアウトローは女性に冷淡だ。フィリップ・マーロウなみの強いハートを持っていれば、彼女のことを権威に群がる尻軽女だと断ずるだろう。しかし、あいにく俺は甘い体臭にラリってしまった。

やっと童貞番長を卒業できる。

この好機を逃したら、二十歳をすぎてもラブホに足を踏み入れることはないだろう。

俺の耳元で彼女がささやいた。

「好きになっちゃった」

「早すぎる」

「本当は強いのに、それを表に出さないところが好き」

「オレも君のことが好きだよ」

「うれしい」

陳腐な言葉の応酬が、愛撫よりも二人の仲を急接近させた。

これからタイマンが始まるのだ。そう思った時、彼女が悪魔の質問を放った。

「ねぇ、あーしのどこが好き？」

この『私のどこが好き問答』に、ずっと地球上の男たちは追い詰められてきた。

有史以前からの最大の難問だ。古代ギリシャの哲学者ですら正答を見つけられなかった。そして永い時を経て、ついに童貞番長へ解答権が回ってきた。

足立区育ちの女がオシャレな言葉を求めているわけではないだろう。きっと感じたことをそのまま言うのが正解なのだ。

意外に性格もいいし、強い男が好きという直球な感覚も好感がもてる。しかも、ひきしまった裸身は特等といえる。

けれども、男好きのする色白の丸顔が問題だった。運動オンチで球技が苦手なせいか、球体の輪郭が苦手なのだ。白塗りの『ピエロ恐怖症』が学会で認定されているのなら、可愛い丸顔がキンタマにしか見えないのも病気の一種だと認めてほしい。

そして俺の好みといえば、長顔で少しアゴのしゃくれた女だった。

俺は思っていることを正直に言った。

「顔以外、ぜんぶ好きだよ」

完全に外れだった。

それどころか強気な小菅虎にとどめを刺してしまった。急にしおらしい態度になり、ミリアが涙声で言った。

「あーし、ブスだもんね」

それから、ベッドの上で全身を震わせて号泣した。

なぐさめの言葉など、俺は何ひとつ思い浮かばなかった。


今日もまた、愚者クレタが教壇で熱弁をふるっている。

「受験勉強も大事だが、君たち若者はもっと世界情勢に目を向けなければいけない。たしかに今の社会は理想と現実との境界線が入り組んでいる。しかしだ。たとえば貧しいギリシャをユーロ圏に受け入れれば、いずれ財政破綻することは目に見えていた。その問題点を、私は数年前から指摘してきたのだ」

　初老の社会科教師が、自慢の白髪をふり乱して言いつのった。

　力強い口調は、まるでハーバード大学の名教授が行う白熱教室のようだった。しかし、クレタこと倉田光男《くらたみつお》は、今年当校に赴任してきたばかりだ。彼が数年前に予言したという鋭い読み筋が真実か否《いな》か、誰も確認できない。

　最終授業の教室では生徒の九割は眠りについている。

　後ろの席にいる王とソロモンは仲良くイビキをかいていた。しっかり覚醒しているのは俺一人だけだ。時間つぶしの論争相手として老教師は適役だった。

　クレタの授業の入りは、いつだってスケールが大きい。

　彼は週明けの授業で、必ず土日にためこんだ時事問題を語り始める。老教師の唯一の自慢は、大学生の時に二年かけてヒッチハイクで単独世界一周を敢行したことらしい。けれども、俺から見れば大学を二年も留年した言いわけにしか聞こえない。

　クレタが教室に持ちこんだ世界地図を黒板に張りつけた。点々と赤マジックで塗りつぶされた国々が、かつて彼が足跡を残した青春の地なのだそうだ。

「若い頃、私は三十七ヵ国を踏破した。世界は広い。君らにもぜひ深夜特急《ミッドナイト・エクスプレス》に揺られ、車窓から世界を眺めてほしいと願っている。だが、けっしてギリシャにだけは下車するな。ギリシャでは博物館で展示されている石像と同じポーズで記念撮影しただけで侮辱罪とされる。実際、当時の軍事政権下で私も逮捕された。ひどい話だ、館内で《円盤投げ》のポーズをとっただけなのに。それにくらべ日本の治安の良さは世界一だ。この国に生まれたことを、君たちは誇りとすべきだと思う」

さっそくクレタの口から裏付けのない話がこぼれ出た。

ギリシャがらみの話になると、俺も黙ってはいられない。

同級生が眠りについている中、さっと挙手した。古代ギリシャの哲学者のごとく議論をふっかけることで、ディベートの技能を高めようとしていた。

「クレ、いや倉田先生。ブータンにおける国民総幸福量はご存じですよね」

「もちろん。GNPで計らず、国民全体の幸福量を示すものだ。ブータン国民は物質的豊かさを求めず、精神的な強いつながりを感じとって幸せに暮らしている」

「それなら、ギリシャはけっして貧しくないですね。温暖な地中海気候の中で、公務員だらけの国民はお昼寝をむさぼり、みんな幸せな日々を送っています」

「そこが問題なんだ。紀元前に繁栄を誇ったギリシャも、いまではすっかり文化や芸術がすたれ、世界一と呼ばれるものが何一つない」

「いや、ちゃんとありますよ」

間をおかず、俺は切り返した。クレタが口元をゆがめ、皮肉っぽい声調になった。

「面白い。拝聴しよう」

「ギリシャ国民の年間セックス量は世界一位です」

「なんと……」

「夫婦や恋人は週四回以上、年間二百数十回も愛を確かめ合ってるんです。ギリシャの男女は、セックスを通じて肉体的にも精神的にも強く結ばれています。これ以上の幸福量はないでしょう」

「君はまさか、セックスの回数が国民の幸福度に比例しているとでも思っているのかね」

「ちなみに、日本人のセックス量は週一でぶっちぎりの最下位です。豊かな日本に生まれたからといって、とても幸せだとは考えられない」

そうは言ったものの、童貞番長の俺はセックスとは無縁の身だった。ラブホに誘ってくれた小菅虎を、正直すぎる感想で泣かしてしまい、せっかくの好機を逸したのだ。

今回も俺の発言は突飛すぎたらしい。女生徒たちが目を覚まし、きびしい視線をむけてきた。若い男が「セックス」を連呼しては女性の共感を得られない。やんわりと「愛の儀式」を二百数十回と言うべきだった。

気まずい雰囲気に包まれ、老教師のクレタまでが口をへの字に結んでいる。

やっと対案を思いついたらしく、クレタの渋面がほどけた。

「そう。下ネタに付き合うほど私もヒマじゃない。じゃあ、教科書の四十八ページをあけて。今日の授業はエネルギー問題だ。最近、エコロジーについての関心が高まっているな。つまりは自然保護運動。森林伐採や海洋汚染で地球は悲鳴をあげている。化石燃料を食いつぶす先進国はみんな過食で、メタボの国民ばかりだ」

後列で惰眠をむさぼる王明陽に、クレタが皮肉っぽい視線をむけた。

教壇で悦に入るインテリづらが浅ましい。だが女生徒らの支持は、若い俺ではなく老教師に集まっていた。

乱読によって無駄な知識を詰め込んだ俺は、オリュンポスの神々の名を次々と思い浮かべ、退屈でうっとうしい授業をこのあと四十分間ほどやりすごした。

きっと古代ギリシャの賢者から見れば、授業中の俺の態度は尊大で大間抜けに映っただろう。けれども、どんな時にも良いほうに解釈してくれる人物もいる。

授業が終わり、斜め前の席から由紀が近寄ってきた。ダイエットでも始めたのか、急に痩せて顔がひとまわり小さくなっている。

「あいかわらずね」

「えっ、何が」

「鰐淵くんは心底やさしい。あんなおじいちゃん先生を相手にして、ちゃんと見せ場をつくってあげてる」

由起と話すと、なぜか素直になれる。俺はいつもの柔軟さをとりもどした。

「恥ずかしいよ、変な知恵をひけらかして。会話の中身はからっぽだし、オレは薄っぺらなおしゃべり野郎だ」

「だよね。そこが持ち味だけど」

「ひでぇな」

俺が苦笑すると、由紀もつられて笑った。

「私、明日は休むから。授業のノートをとっといて」

「かしこまり」

下足番風にぺこりと頭を下げた。

「じゃあ、たのむね」と言って、彼女は教室から出ていった。

ここ三週間、由紀は用事があるとかで火曜日ごとに学校を休んでいた。水泳の時間も見学者にまわっている。

どこか体調でも悪いのだろうか。

漠然とした不安にかられながら、俺は文房具を通学カバンにしまった。

本日の同行者はソロモンだ。王と交互に帰宅時にボディガード役を受け持ってくれている。二人の巨漢は仲が悪いので、三人一緒に帰ることはない。

自転車置き場まで来ると、ソロモンが照れたように自分の首筋をなでた。

「シロー。言いづれぇけど、おまえに頼みたいことがある」

「五万までなら貸すぜ。このところやたら金まわりがいい」

「そうじゃない。同級生の由紀のことなんだけど。おまえとは幼なじみで仲もよさそうだし、口をきいてくれないか」

「らしくねぇぞ。はっきり言えよ」

一拍おいて、ソロモンが嚙みしめるように言った。

「……由紀に惚れちまった。競泳で惨敗したあの日から」

「聞きたくなかった、そのセリフ」

俺は天を仰いだ。


夜の雷門《かみなりもん》は静けさの中にあった。姦《かしま》しい観光客の姿は消え、地元の浅草っ子たちが仏頂面で行き来している。大提灯《おおちょうちん》の下で俺はケータイの液晶画面に目をやった。

小坂涼から送られてきたメールを見かえす。

『サンダー・ゲート20』。

東京にこんな建築物があるわけじゃない。夜の八時に浅草雷門にいろというポン友からのメッセージだ。

時間ぴったりに涼が現れた。

「シロー、あいかわらずバカか」

「偏差値44で安定してる」

「俺の通ってる慶應高校は70」

「言っとくけど、顔の偏差値は逆だぞ」

涼はラグビーボールに目鼻を足しただけの面相だ。身体全体が暑くるしくて、クールな慶應ボーイらしさは皆無だった。

今夜の格好も最悪だ。ハイビスカス模様の派手なアロハシャツに豹柄《ひょうがら》の短パンを合わせていた。すね毛はきれいに剃ってあるが、肌が白すぎて気色悪かった。

ストローハットのツバに手をかけ、涼が陽気に言った。

「さぁ、行くぞ」

ポン友はつんのめるように仲見世通りへ入りこみ、まばらな参拝者の間をすり抜けた。

俺もあとにつづいた。

「涼、どこに連れてくつもりだ」

「浅草と言えばストリップ」

「出だしから飛ばしてるな」

「シロー、がっつくなよ。この街にゃ観る所がいっぱいある」

「そのわりにはさびれてる」

土曜の夜だというのに、一歩横道に入ると人影がなかった。

二年ぶりにやってきたが、夜の浅草は澱《よど》みきっている。観光地なのに家族連れが少なく、老いさらばえた男たちの溜《た》まり場《ば》と化していた。

涼に先導され、浅草六区のブロードウェイ通りに入った。立ち並ぶ街灯の上部には、かつて浅草で活躍したコメディアンたちのプレートが飾られている。

「おい、シロー。この中の一人でも知ってるか」

「白黒の古い顔写真と名前が一致するのは永井荷風《ながいかふう》くらいかな」

「誰だよ、そいつ。カフーってどんなコメディアンだよ」

「カフーはストリップ小屋に出入りしてた」

長々と説明するのが面倒臭いので、文豪永井荷風を浅草芸人たちと同列に並べた。カラーのプレートには渥美清《あつみきよし》から萩本欽一《はぎもときんいち》までずらりと喜劇人がおさまっている。東京の外れにある門前町が、昔は新宿や渋谷にも劣らない繁華街だったことが俺にもわかる。

演芸ホールに至る舗道は、ブロードウェイと銘うたれている。その名称は、浅草のかもしだすウエットな雰囲気にそぐわない。

本場ブロードウェイへ行けば、誰もがそのホットな街の名を、フランク・シナトラ風に二回唱えたくなるという。

ニューヨーク・ニューヨーク。

一回目は世界最大の都市への敬意を、二回目は街を去る悲しみをこめてつぶやくらしい。だが場外馬券場近くの浅草ブロードウェイは、ハズレ馬券が夜風に吹かれて宙に舞っているばかりだった。

舗道に靴音を響かせ、涼が達者な足さばきでタップダンスを披露《ひろう》した。子供の頃からピアノを習っているのでリズム感は抜群だ。

「涼、意外にいけてるな」

「コメディアンの基本はタップなんだよ」

「まったく読めなくなってきたぜ。今夜のプログラムが」

「こじゃれたクラブに出入りするのはうんざりなんだ。千葉や埼玉育ちの連中がのさばる六本木には愛想がつきた」

「意味深だな」

「もうすぐわかる。俺のマスタープランが」

指さしたのはパチンコ屋の向かいにある旧い劇場だった。上部の看板には『名画三本立て』と太文字で書いてある。

昭和期に建てられたしみったれた映画館だ。色あせた古いポスターが、三本横並びに無造作に飾ってあった。

涼が浅草芸人きどりで言った。

「相棒、入ろうぜ」

「プランが雑すぎるだろ」

「おまえと二人で観たいんだ」

「三本も観るなんて罰ゲームでしかない。しかも、そのうち二本はお子様むけのアニメと、そのパートⅡじゃないか。いったい何の因果で浅草くんだりまで呼び出され、三本立て映画を鑑賞しなければならないんだよ」

「観るのは一本だけ。俺の運命を変えた一作さ。リバイバル上映を見逃す手はない」

映画のポスターには闊達《かったつ》なビートたけしの顔が写っていた。

俺は吐息した。思い返してみれば、涼が立てるプランはいつだって子供っぽかった。

「いまさら『戦場のメリークリスマス』でもないだろ。三十年以上も前の映画だし」

俺の言葉を無視し、涼がチケット売り場の婆さんに気安く声をかけた。

「ほいさ、また来たよ」

「あきれるよ。同じ映画を三度も観て何が楽しいんだか。涼ちゃん、今日はフリーパス」

「ダチも一緒なんだけど」

「あら、お友だちもつれてきたの。いいわよ、二人とも」

「ありがと。はい、おみやげ」

シュークリーム入りの小箱を婆さんに渡し、涼は俺を引き連れて館内へと入った。ポン友の小粋な言動に、俺は目を見張った。

「すげぇな。浅草の映画館で顔パスかよ」

「婆さんを手なずけるのは甘い物にかぎる。俺と一緒に浅草にくりだせば寄席だってタダで観られるよ」

得意げに言って、涼はシアターに通じる重たい扉をあけた。

ちょうど『戦場のメリークリスマス』が始まったところだ。涼は前もって上映時間を調べていたらしい。

場内はがら空きだった。俺たちは最後列の席に並んですわり、陰気くさい映画を黙って鑑賞した。

ちらりと視線を移すと、右隣の涼は真剣なまなざしで画面を見つめていた。

ビートたけし演じるハラ軍曹のアップのあと、エンドロールが流れる。印象的な音楽をバックに、涼が小声で尋ねた。

「シロー、どうだった」

「びっくりするほど、たけしが若かった」

「最低な感想をどうも」

「ん、どうした」

「うるせぇ。出ようぜ」

明かりがつくと、涼は水っぱなをたらしていた。

「カッコ悪。泣いてやんの」

「ラストシーンが、たけしの笑顔なんて反則だろ」

「だよな」

俺はこっくりとうなずく。

ストーリーに関係なく、若いたけしの笑顔には人の胸を撃ちぬく深い哀傷が宿っていた。

映画館を出た俺たちは、一筋奥にあるホッピー通りへ足を向けた。

月が雲間に隠れた。こらえきれず、涼がまた話をふってきた。

「たけし、最高だよな」

「最高だ。『世界の北野たけし』じゃなく、愛嬌《あいきょう》たっぷりの若いビートたけしは」

「何度観てもラストシーンで泣いちゃうんだ。たどたどしい英語のセリフも良かった。『ローレンス、メリークリスマス。メリークリスマス、Mr.ローレンス』。いいか、シロー。大事な場面では伝えたい事柄と相手の名を二度言う。たけしをリスペクトする俺は、そうしてきた。わかったたか、シロー」

「やられた、涼。完全にやられたよ、涼」

はーい、ここで予告編。

たとえ落ちこぼれでも慶應生は慶應生だ。遊び心に満ちたポン友なら、なおさらその言動には洒落っ気がある。男は誰しも遊びの中でさまざまな裏技を学んでいく。運命を決定づける局面で、そうした男の愛嬌はきっと役に立つだろう。

涼が仕掛けた浅草探訪のマスタープランは、なかば果たされたようだ。

赤ちょうちんの灯がわびしい。

涼に先導されて横道に入る。路上には雑然とテーブルと椅子が置かれ、三十店ほどの居酒屋の軒先が違法状態で区道にはみ出ていた。

夜更けだというのに、ホッピー通りだけはにぎわっている。中年男たちにまじって素人女らも普通に飲み食いしていた。

顔見知りらしい店主に涼が手をふった。

「おやっさん、ホッピー二つ」

「涼ちゃん、アテはいつもどおり牛スジの煮込みでいいよな。そこの席にすわっときな」

禿頭《はげあたま》の店主にうながされ、俺たちは空いた椅子に腰かけた。

資産家の息子は、港区ではけっして交わることのない人脈を浅草で着々と広げているようだった。

　野外テーブルに陣取り、ホッピーで乾杯する。前歯が欠けるほどかたいスジ肉を噛み切りながら涼が語りだす。

「今夜も愉快だ。こうして一緒に酒を飲んでるのも、きっと深い因縁がある。シロー、そうは思わねぇか」

「たしかに二人の生年月日は同じだ。生まれ育った場所も近い。坂上の大邸宅で暮らすおまえは慶應幼稚舎に通い、オレは社員寮住まいの待機児童。その後も格差はひらく一方さ。でも、友だちだ」

「病院の看護師が赤ん坊の俺とおまえを取りちがえてたりして」

「それはある。オレのほうが慶應生っぽいし。涼はどう見たって浅草芸人だ。できることなら、おまえの両親とDNA検査をしたいよ」

　社会階層の異なる涼と俺は、ひょんなことから知り合った。

　友情の始まりは中二の時までさかのぼる。赤坂駅前のゲームセンターでシューティングゲームをしていた俺は、落花生みたいな顔のマセガキに話しかけられたのだ。

『このゲームのハイスコアにのってる460って君？』

『そうだよ。460イコール四郎。鰐淵四郎』

『俺、小坂涼。スコア評の名前のKSKって言ったらわかりやすいかな。君がいるせいで俺のスコアはいつまでも一番にならない』」

　これが最初の出会いだ。

　俺はカギっ子で、親からあたえられた小銭をすべてゲームに注ぎこんでいた。一方の涼は無数の習い事を放棄してゲーセンに逃げこんできた。馬鹿な中坊《ちゅうぼう》がいったん知り合えば、とことん仲好くなるのは必然だった。

　それから先は、二人でふざけてばかりいる。

　俺が何を言っても笑ってくれる。だが、能天気な涼がしでかすことは型破りで笑い流せないことがあった。

　唐突に涼が言った。

「シロー、高校を卒業したら浅草で暮らさねぇか」

「また無茶ぶりかよ」

「すぐそこの路地裏に良い感じのアパートを見つけた。家賃は俺が持つからさ」

「待ちな。その先はこう言うつもりだろ。『浅草で一緒にお笑いをやろうぜ』って」

「なんでわかった」

「先日も牛高一の大馬鹿野郎に『バンドを組もう』と申しこまれた。答えはノーだ。いいか、たとえ生まれた月日は同じでも、死ぬときは別々なんだよ。おまえは爺さんの代からの貸しビル業を継げばいいし、オレは別の道を進む」

邪険にはねつけると、涼がホッピーをがぶ飲みした。

「くそっ、おまえと同じ牛高へ行っとけばよかった。それなら漫才コンビの話もリアルに受け入れてくれたはずだ」

気の良いポン友は下降志向の持ち主だ。銀のスプーンをくわえて生まれてきたくせに、重度の金属アレルギーだった。

地元に愛想がつきたという言葉も、たぶん涼の本音だろう。港区に三千坪の土地を所有するだが俺からすれば、いつもの妄言にしか聞こえない。

小坂家のご令息が、何を言いだそうと笑い話として聞き流すだけだ。

涼はすっかりしょげていた。酔った俺はポン友の肩に手をまわし、言わずもがなのことを口にした。

「おまえとオレは、いわば物語の中の『王子と乞食《こじき》』だ。考えは似てるけど、置かれた階級がちがいすぎる。だから、おまえが無理してオレのレベルまで下りてくる必要はない、オレがお前の居場所へ上がっていく」

「意味がわからねぇ」

「涼、オレは進学することにした。ひょっとしたら日吉キャンパスで顔を合わせるかもな」

「まさか、おまえ……」

「シャレで慶應大学法学部を受験する」

「そっちの方が無茶だろ。都立の商業高校から慶應に受かったヤツなんか一人もいねぇし」

「ちがう。都立牛込高校は元女子商業高校だ」

「同じだよ。学校だって過去は消せない。それに校名は変わっても偏差値は以前と変わらないだろ。いいか、慶應の法学部は私立大学の中で最上位の偏差値74だ。百年かけても通るわけがない。そんなオツムで」

声高に言って、涼が人差し指を俺の額に突きつけた。ヤツが夢みるお笑いコンビ結成が瓦解したので頭にきているらしい。

俺はドラ息子の細い指先を払いのけた。

「協力しろ、涼。慶應の受験についてオレは何も知らない。だけどまぐれで合格したら、キャンパス内でネタ合わせができる。どんな難関でも、どっかに抜け穴があるはずだ」

「……一つある。でも、高校での評点平均が4・2以上」

「学年トップのオレの持ち点は4・9」

「すげぇ。俺なんか1・8さ」

「体育以外はオール5だ。涼、もっと聞かせろ」

「おもしれぇ、のってきたぜ。慶應法学部には、『FIT入試』というユニークな推薦枠があるんだ。科目は小論文とディベートだけ」

「どっちもお手の物さ」

「なめんなよ、シロー。権威ある慶應の教授たちが、ぜひとも教えたいと思う受験生だけをピックアップする。脅迫めいた面接もあるし、ガリ勉の秀才なんかまったく歯が立たない。倍率もめっぽう高い。慶應法学部は一般入試の方がずっと楽だと言われてる」

「シャレじゃなく、通りそうな気がしてきた」

　奇蹟の始まりだ。

　ポン友が指し示した先に「合格」の二文字がぼんやりと見えた。

　三流都立高校の恩恵で、評点平均は楽々と入試基準を超えている。小論文ならどんな課題でもこなせるし、ディベートでは同年代の理屈屋を何人も泥地に叩き伏せた。

　そして高級料亭の下足番は、教養ある中年紳士たちをたぶらかす技法をしっかりと身につけている。日本国総理大臣を暗殺することもできる若者なら、慶應の脅迫面接など笑って受けとめられる。

　運がよければ、面接会場で教授連からチップを頂戴《ちょうだい》できるだろう。

　これまで俺は、わずかばかりの機転と言語能力だけで世の中を渡ってきた。つくづくそう思う。中身はからっぽの偽物だが、乱読で得た雑学さえあればたいがいの場面はうまく切り抜けられる。

酒に弱いポン友が楽しげに言った。

「おい、シロー。来年は日吉校舎で会おうぜ」

早くも当確のVサインが出た。

涼と二人だと、こんな風に話が進むから笑いがとまらない。俺たちはホッピーを飲みすぎて完全に酔っぱらった。

第五章　ドラコンの法典

どんなものにも未来はある。

山間の小石でさえ突風にあおられて川へ転げ落ち、年月を経て砂利と化し、やがて広大で輝かしい海にたどりつくことがあるだろう。

そう、俺が漠然と求めているものは、そんな一陣の風なのかもしれなかった。

廊下から足音が近づいてくる。

背後の扉が静かに開いた。ふりむくと、担任の女教師が進路指導室に入ってきた。一瞬にして室内が甘い芳香に満たされる。

いつもは進路主任がすわっている木椅子に、俺はどっかりと腰をおろしていた。目でうながすと、三宅友子はすなおに対面へ着席した。

この場の主導権は俺が握っている。

しかし、そうした状況を友子先生はあっさりと受け入れた。

「画《え》になってるわよ、鰐淵くん」

「感謝してます。貴重な放課後の時間を割《さ》いてくださって」

「あなたに呼び出されたら北極圏にだって行くわ。顧問をしている茶道部は活動停止になったし、放課後はヒマなの」

「何があったんですか。不純異性交遊とか」

「ちがう。部室で上級生たちが喫煙してた。それに女子のスカートが短すぎて正座してるとすべて見えてしまう。慎みがなさすぎるわ」

自衛官の父親のもとで育った友子先生は、明治期の女学生のような雰囲気を漂わせている。四十代になっても長い黒髪を緋色《ひいろ》のリボンで束ねていた。見た目は熟していても、彼女は永遠の処女なのだ。そしてリボンの色合いは日増しに婚姻色の朱が濃くなっていた。

俺は堅物の女教師に話を合わせた。

「心中、お察しします」

「茶道部だけじゃない。いまの牛高女子は変に大人ぶってる」

友子先生はとかく同性にきびしい。ソロモンの喫煙癖は見逃すくせに、甘ったれた女生徒たちの言動をゆるさなかった。

二年に上がる時、素行の悪い女子たちはほとんど排除されてしまう。牛高女子に不良が見当たらないのは、友子先生が自主退学をうながしたからだ。

つまり牛高のきびしい女性カーストの中で、最上位に君臨しているのは謹厳実直な女教諭だった。

状況に合わせ、俺も年配者みたいに腕組みをした。

「男子生徒も幼稚になるばかりだし」

「そうね。男らしさを保っているのは……」

「ソロモンだけです」

「だと思う。鰐淵くんもけっこうがんばってるけど、やさしさが裏目に出てるかも。女子はあなたを軽く見てる」

「ええ、手に負えません」

「一度、ガツンと言ってやれば」

「無理です。多勢に無勢ですし」

最近、牛高女子のいやらしさには拍車がかかっている。超ミニスカートで階段を上がる時も、まったく男子生徒の目を気にしていなかった。

おかげで男子在校生は、盗撮犯たちが一生かかっても見られないほどの眼福にあずかっていた。いつしか女子高生の下着もありがたみをなくし、階段下から眺めても五円硬貨をひろった程度の高ぶりしかなかった。

女の品性を重んじる友子先生は、あけっぴろげな牛高女子の態度に憤慨していた。このところ彼女らの急成長ぶりの裏にあるのは、じつはチャイニーズマネーなのだ。このところ女生徒の一部が、ブランド品の時計や香水を身につけだした。それらは、すべてPTA会長の王鈴麗の影響によるものだということを友子先生は知らない。

「また愚痴につき合わせちゃったわね。で、今日の本題は？」

「お手数をかけますが、このプリントに書いてある成績証明書を用意してほしいんです。七月末までに」

俺は、自分で取り寄せた入試募集概要を机の前に置いた。

友子先生は内容に目を通し、正面から俺を凝視した。

「驚いたわ。来春の一般入試ではなく、今秋に行われる慶應法学部のAO入試をめざすつもりなのね」

「正しくはFIT入試です」

「それだと受験の準備期間はあと二ヵ月しかないわね。とても無理よ」

「大丈夫です。その要綱にも書いてありますが、この入試は慶應の教授連が教えたいと思う受験生だけを選出するというもので、生徒と先生がどれだけフィットするかということが第一義なんです。つまり、オレと三宅先生の間柄のように」

「私が試験官なら合格」

「ご存じのように、オレは同年代の女子たちには不評ですが、中高年には好まれる時代遅れの顔立ちです」

「それに関しては同感よ。手入れのされてない太い眉毛が良いわね」

俺の妄言に導かれ、彼女はこっくりとうなずいた。

家父長制を信奉する中年女性を手なずけるには、男らしさが効果的だ。俺は根拠のない尊大さで押し通した。

「十八歳までの学習で、その後の人生がぜんぶ決定づけられるなんてバカげてると思いませんか。だからこそ、その陥穽《かんせい》には落ちたくない。長く苦しい人生ゲームに勝ち抜くには一流の学歴が必要です」

「在校生の中で、そのきびしい現実を知ってる者はいない。あなた以外は」

「オレはこう考えてます。大勢の人が行く道より、山の裏道を行ったほうが満開の桜が咲いているのではないかと」

「桜咲くは合格の合い言葉ね。でも、慶應のＦＩＴ入試が一般試験より楽だとは思えないわ。対策を練るには時間がかかる。次週行われる体育祭の実行委員長になってるけど大丈夫なの？　それだと残り少ない勉強時間が削られてしまうのでは」

「体育祭を仕切ったという実績は、ＦＩＴ入試の書類審査でアピールポイントになるので損はありません」

「ぬかりがないわね」

「本気なんです」

「気を悪くしないでね、鰐淵くん。どうしても一つだけ気になることがあるの」

「何でも訊いてください」

「もし受験に合格した場合、慶應の入学金は払えるのかな。奨学金だけでは足りないかもしれない」

　担任の女教師は、鰐淵家の家庭状況を知っている。

　売れない歴史作家に貯えなどあるはずもなかった。父は教育に無関心というより、収入が少なすぎて教育費が捻出できないといったほうが正しいだろう。親の年収によって、程度の差はあれ子供たちの進路は決定づけられるのだ。

　俺は何でもなさそうに言った。

「奨学金なんていらない。バイトで百五十万ほど貯めました。両親に迷惑をかける気などありませんし」

「すごい。日本男児の鑑《かがみ》ね」

　友子先生はふくよかな笑みを刻み、海上自衛隊員だった父親直伝の最敬礼をした。

　そして、男子生徒たちから『大盛りチャーハン二人前』と呼ばれているドーム型の巨乳をドンッと張りだした。

「先生ね、鰐淵くんをサポートしたいの」

「まず学期末試験後に成績証明書を用意してください」

「できることはそれだけ？　志願者調書と志望理由書は……」

「昨晩、ぜんぶ仕上げました」

「それともう一つ、自己推薦書は」

「自分で自分を褒《ほ》めたたえる。自画自賛は得意とするところです。徹夜で渾身《こんしん》の一文を書き上げました」

俺はどこまでも強気だった。

上気した友子先生が、オォッと呻《うめ》き声《ごえ》をもらした。

「鰐淵くんって、デートプランを五分単位で決めるタイプでしょ」

「はい、オレは策士ですから。もしガールフレンドが出来たら、唐突に路上でキスをしたあと、夜空に向かって拳銃をぶっ放し、廃墟の野良猫にエサをやる」

「めちゃくちゃだけど面白い」

「これがフィット感です」

「せっかくだから、私に自己推薦書を読ませてくれないかな。担任の国語教師としてアドバイスや誤字のチェックもできると思うの。それに入試要項には、『社会的に優れた実績をあげ、それを証明できる者』という一条があるけど、その要件は満たされるの？」

「去年、新聞社主催の懸賞論文で優秀賞を得てます」

そう言って俺は新聞の切り抜きを見せた。小さな顔写真入りなので彼女も納得した。ペンネームを使っていたから牛高の教師たちも知らなかったようだ。

「驚いた。あなた、どこまで行くつもり」

「どこまでも。文章はお手の物だし、試験科目の小論文も自信があります」

「でも、面接やグループ討論の訓練は一人じゃできないでしょ」

「巧言令色《こうげんれいしょく》の四文字がオレの持ち味です」

「どの世界でも上には上があるものよ。じつは校長先生があなたの受験指導をしたいと言ってくださってる。とてもありがたいお話だと思うけど」

校長の下柳は東大出身の元商社マンだ。文部科学省に勤める実兄のコネをつかい、天下り的に教育界に乗りこんできた。彼のプロデュースにより、女子商業高校は男女共学に塗り替えられ、都の英語教育推進校となった。

下柳校長こそ牛込高校の生みの親だった。優秀なビジネスマンらしく、着々と成果を上げて大学進学率は倍増した。

書類をバッグにしまいこみ、俺は毅然《きぜん》とした態度で言った。

「校長先生には、お断りしますと伝えてください」

「鍔淵くん、本当に一人で全部やるっていうの」

「だって自己推薦ですから」

「最後にもう一度訊くわ。私にできることは」

「あ、そうだ。先日水泳の実技でしくじってしまいました、毒島先生に体育の評点を1にされるかも」

「そうはさせない。是が非でもあなたのオール5はキープさせる。私に任せといて。彼の弱みは握ってるし」

「何だかいっぱいありそうですね」

「平成の世にスパルタ教育なんてお笑いぐさよ。じゃあ、期末試験がんばって」

俺は悠然と立ち上がった。

「王とソロモンの卒業の件は任せてください。なんなら、渡辺も一緒に」

いったん手にした主導権を、俺は最後まで手放さなかった。


『イマジン』のたおやかなメロディが鳴りつづけている。

それも開会式の国旗掲揚からずっとだよ。いったいどれだけの数の変態どもが襲来したのか見当もつかない。でも、ジョン・レノンの名曲は何回聴いても心が癒やされた。バラード調なので走りを競っても気持ちが高ぶらないし、広い校庭も平穏な雰囲気に包まれる。

だが、歌詞が『宗教のない世界』にさしかかった時、イスラム教徒のハーフたちは、むりやり親に引き連れられて家に帰ってしまった。

さて、せっかくだしジョン対策本部の活躍ぶりに目を移そうか。

まず総指揮官の佐竹先生は気合いが空回り。羽織袴姿で国歌を熱唱して酸欠になった。役立たずの国粋主義者は、そのまま保健室へと運びこまれてしまった。

体育祭実行委員長の俺の持ち場は牛高正門だ。これが大フィーバーで、石を投げれば変態男に当たる状況。準備運動がわりに十数人のジョンをソロモンの手を借りて確保し、軽くシメてから校門外へ放り出した。

そこで前半戦終了。

ただし、本校で頻発している窃盗犯はまだ捕まってはいない。

ちなみに紅白戦は、俺たち紅組が三〇点の負け。残すところあと五種目だが、リレーと綱引きで勝てば逆転の可能性は充分にある。

昼休みのチャイムが『イマジン』にかぶさった。

生徒は教室に、先生と保護者は懇親昼食のため体育館に移動した。俺とソロモンは花壇の隅で冷めた惣菜パンを食った。そこは全方向から死角になっている。食後の一服にはもってこいの場所だ。

キャメルをくわえたソロモンが言った。

「じきに激しい雨が来る」

俺は日本晴れの空を見上げた。

「ありえない。アフリカの雨乞い呪術か」

「シロー、ここがシクシク痛むんだ」

ソロモンが短パンをめくった。

チョコレートミルク色の美しい左腿があらわになる。付け根には二〇センチほどの痛々しい傷跡があった。相棒は優秀なサッカー少年だった。FC東京の下部組織でプレーし、将来を嘱望されていた。

しかし、四年前に軽トラックにはねられて選手生命が絶たれてしまった。牛込高校にやってきたのは、サッカー部がないからだと本人が言っていた。

「太い左脚の骨が泣きごとを漏らすのなら、まちがいねぇな」

「でかいのがやってくる」

「最終種目のリレーはどうすんだよ。アンカーのおまえがいないと紅組は勝てない」

「そういう時は二番目に速いやつが最終走者だ」

俺は日の丸の鉢巻きを締め直した。

「オレじゃん」

「その鉢巻き、なんだか死にいそいでるみたいだ」

「おまえも巻けよ」

「俺のハートはアフリカのサバンナに置いてある。ま、行ったことないけどさ」

「日本人のオレがケニアに行ったら、一日目にライオンに食われちまう」

ソロモンが破顔し、煙草の吸殻を花壇にねじこむ。

「それとよ、由紀のことなんだけどさ」

「すまん、まだおまえの気持ちは彼女にゃ伝えてないんだ。ちょっと言いだすタイミングがなくてさ」

ソロモンがぶ厚い唇から赤い舌先をキュッと突きだした。チック症状が出るということは、やはり本気だったらしい。

「それでいいんだ。あの時は変に高ぶって、俺が俺じゃなかった」

「あきらめるなんて。おまえらしくねぇぞ」

「彼女には俺よりふさわしい男がいる」

「誰だよ、それ」

「女の気持ちを知らない大バカ野郎さ」

「それもオレじゃん」

「以前帰り道で会ったおまえの初恋の女より、由紀のほうがずっと上等だ」

「そんなこと、一度も考えたこともなかった」

食と同じく、女の好みも人それぞれだ。

競泳で負けたソロモンは、由紀のことを一人前の女として見るようになった。たしかに鍛えぬかれた彼女の肉体は神々《こうごう》しかった。

しかし、俺にとっては親しい幼なじみにすぎない。

ソロモンが、また夢見がちな声調になった。

「俺、叔母のいるオーストラリアへ移住しようと思ってる。なんだか急に新宿の街がつまんなくなっちゃったんだ。もっと強烈な酒を飲んで、遠慮なく人をぶん殴って、腹の底から世界を笑い飛ばしてぇんだよ」

「でも、なんでまた有袋類《ゆうたいるい》しかいない流刑地なんだ」

「英語を学べるし、バイト代が世界でいちばん高い。なによりイヤな湿気がないのがいい。もちろん良い面ばかりじゃないよ。シロー、白豪主義って知ってるか」

「少しは知ってるさ」

「教えろよ」

「英国から独立した後、白人至上主義を掲げるオーストラリアは有色人種の排除政策をしてたらしい」

実は、それ以上は深く知らなかった。

例によってソロモンが俺を頼った。

「白豪主義について調べといてくれねぇか。俺が自分で勉強するより、おまえから習った方がずっと早い」

はーい、ここで例の未来予想。

親友のソロモンの懇願は、最終的にはきっと利益をもたらすだろう。なぜなら、黒い守護天使の言動はすべて俺への好意に根ざしているからね。いつだって最終的に知恵を授かるのは俺の方だ。

でも、これだけは言っとく。新宿の荒くれ者は、俺を助ける時だけ最高にチャーミングな表情をするんだ。

しかし、親友のでかい夢を聞くとうろたえるよな。

遠くに行っちまうとなると、やはり心寂しい。もし、スポーツ万能のソロモンが交通事故に遭わなかったら、または千登世橋で俺に出逢わなかったら、なんてことを考えると平静ではいられなかった。

のろまな渡辺がのそのそと花壇脇へやってきた。

「王が呼んでるよ。三階の視聴覚室で待ってるって」

「あの野郎、いまごろ学校に来て」

ヒーローは遅れて登場する。

そしてアンチヒーローはもっと遅れてやってくる。思い返してみてくれ。性根の腐ってるヤツって、たいがい遅刻癖を持ってるだろ。

王の名を聞いたソロモンが眉をしかめた。

この二人は水と油だ。王の登校を知った褐色の好漢は、「古傷が痛む」とだけ言って立ち去った。

いったん持ち場を離れると、気まぐれな風来坊は学校へは戻ってこない。

そばの渡辺がエアギターを奏《かな》でながら言った。

「ね、一緒にバンドやろうよ」

「同じことを何度言ったら気がすむんだ。コピーバンドなんてクソだよ」

「なら、また一緒に新宿へ行こう」

「奈々と行け。オレよりも彼女のほうが新宿の穴場をよく知ってる」

「ダンス教室へ通ってるとか言ってた。今度誘ってみるよ」

「じゃあな」

一つ年上の留年生を置き去りにして、俺は階上の視聴覚室に急いだ。渡辺はスローモーなので関わり合うと時間を浪費するばかりだ。

室内に入ると、暑がりの王がクーラーを全身に浴びていた。

「登校が遅すぎるだろ。もう来ないと思ったぜ」

「王は男の約束は守る」

アーモンド型の目でまっすぐ俺を見た。

王は女性に対して冷淡だ。多くの牛高女子を母親が経営する風俗店にスカウトしたが、すべて金銭がらみでひとっかけらの情もなかった。

王は裏表のないレイシストだった。

女だけではない。貧乏人を小馬鹿にし、老人や子供たちまでも平気で蹴っとばす。肌の色のちがうソロモンとは口もきかなかった。

だが、なぜか俺にだけは好意的だ。いつも脂肪まみれの肌をこすりつけてきて、休憩時間のたびに相撲をとろうと言うから訳がわからない。

そのことで由紀に注意を受けたことがある。「王くんって、あなたのことが性的に好きなんじゃないの」と。

勘弁してくれよ。

男色家の凶悪なチャイニーズなんて怖すぎるだろ。他校の不良どもが、ソロモンより王を恐れるのは、そうした暗い性向を感じとったからかもしれなかった。

今日もまた、王がじゃれて太鼓腹をぶつけてきた。少しでも身体を動かすと、汗臭い匂いが周囲に放散される。

「やめろよ、王」

「さびちいこと言わないでよ、チローちゃん。午後の綱引き、王がいないと紅組は勝てないでしょ」

「そうだけどさ」

「体育祭の打ち上げはうちの店でしていいよ。牛高の生徒たちなら貸し切りにしてあげると母ちゃんが言ってくれてる」

同級生の女たちと酒池肉林の宴《うたげ》はごめんだ。

俺はすぐに話を切り替えた。

「そんなことより、おまえの母さんの開会宣言すごくよかったよ。切れこみの深いチャイナドレスなんか着てさ、来賓《らいひん》のおっさんたちの視線をくぎ付けにしてた。日本語の発音も完ぺきだったし」

「あの女、一筋縄ではいかないヨ」

「いや、本物のインテリだ。『競争社会の中国では個人の体力測定しかありません。こんな風に全員が参加できる日本の運動会はすばらしい』とか言ってたな」

「たしかに母ちゃんは北京大学を首席で卒業してる」

「夫を亡くして異国でがんばってるしさ。最高の母親だよ」

「ツァオニマッ！」

王が悪態をついた。

俺はなだめるように言った。

「怪しげな稼業はともかく、王鈴麗は何不自由なくおまえを育ててきたはずだ」

「鈴麗は悪魔。王の父ちゃんは背中から刺された」

「この前は獄中死って言ってなかったっけ」

「一週間前に来日した伯父さんが教えてくれた。王鈴麗は当局のスパイ。民主化運動のリーダーだった父ちゃんを売った。そのことを知った父ちゃんは絶望して舌を嚙んだ」

まるでチープなスパイ映画のようで信憑性が薄い。

王の虚言癖は筋金入りだ。少し愉快になり、俺は嘘話にのっかった。

「こうは考えられないか。国際スパイの鈴麗は、幼子《おさなご》のおまえを守るために行動したと。現に母子はこうして日本で平和に暮らしてるだろ」

「でも、父ちゃんは帰ってこない。きっと仇《かたき》を討つ」

水浴びする大型犬のように、王はブルブルッと首をふった。

俺は何となくわかった気がした。ソロモンは身体に消えない深手を負っているし、王は癒えない心の傷を受けているらしい。

俺のボディガードは、二人とも満身創痍《まんしんそうい》だった。

ろくでなしの逸話はいつだってレベルが高い。しかし、面白すぎて信じられないケースもある。王の身の上話はＵＦＯ目撃とかネッシー発見のたぐいだろう。

雰囲気を察した王が、甲高い声で言った。

「王の言うことは全部ホント。チローちゃん、いまから悪事の本質をみせてあげる。王がいかに賢明かわかるヨ」

「毒をもって毒を制するってわけか」

「ついてきて。牛高で起こった連続窃盗事件を、いまから王が解決してみせる」

「中国版のシャーロック・ホームズかよ」

「そう、チローちゃんがワトソンだ。さ、付いてきて」

放言とは裏腹に、王はけだるそうに動き出した。肥満体をねじこんだズボンが、二十歩も行かないうちにずり下がる。巨漢は見慣れたハンケツになった。

視聴覚室を出たあと、俺はケータイで時間を確認した。

「綱引きの開始まで十五分もないぞ」

「大丈夫。それだけの時間があれば、フィリピンの小島十個を中国の領土にすることだってできる」

王がニヤリと笑った。虫喰い歯がむきだしになり、その不気味な面相はロンドンの名探偵というより、パリのオペラ座の怪人そのものだった。

「王、教えろよ。いったい誰が窃盗犯なんだ」

「あせらないで、チローちゃん。ちょっと考えればわかること。これは難事件じゃないよ。子供にでも解けるパズルだ」

「くそっ、オレにはさっぱりだ」

「まず条件をしぼろう。盗みが頻発するのはロッカー室。つまり犯人は校内にいる人物で自由に行動ができる」

「そこまではわかるさ」

「しかも犯行の大半は放課後に起きてる。不思議なことに事件の目撃者もいない。ロッカー荒らしなのに、まったく荒っぽくないし、被害者のカギの閉め忘れが原因」

「当たり前すぎて、よけい分からなくなってきた」

俺はミステリー小説の愛読者だが、読んでいる途中で真犯人を当てたためしがない。謎解きの探偵ものは、主人公のクールなセリフまわしを楽しんでいるだけだ。切れ味するどい描写に酔いしれ、推理どころじゃなくなってしまう。

ミステリー小説の乱読で得た知識は一つだけだ。ざっと思い返してみても、謎の美女が真犯人というケースが七割を超えている。

だが、牛高の中にそんな魅惑的な女性は見当たらなかった。妖艶な王鈴麗は犯人としてふさわしいが、ちゃちなロッカー荒らしなんて役不足だろう。

王はユサユサと階段を下り、体育館へ歩を進めた。

俺はあてずっぽうで言った。

「読めた。犯人は体育教師の毒島だろ」

「あきれた。体育館の方向へ歩いてるから体育教師が犯人だなんて」

「じゃあ犯人は一人じゃなく、生徒全員。『オリエント急行殺人事件』みたく」

「そんな話、王は聞いたことない」

「女流推理作家、アガサ・クリスティーの名作さ」

「むずかしい本なんか読まない。王はなにもかも実践できたえられた。いいかい、チロ－ちゃん。同じ空間で犯行がくりかえされてるのは、犯人が風景に溶けこんでいるから。つまり、いつもそこにいる人。たとえば高級マンションで窃盗事件が続いたら、だいたい管理人か警備員が犯人でしょ」

「その考えはとてもリアルだな。でも、プロの推理小説なら零点だ。プロットが何も目新しくないし」

「現実はいつだってつまらないよ」

王が落ち着いた声調で言った。

その横顔は妙に理知的で、俺は少しばかり圧倒された。

「腹立つな。勘の鈍いワトソン役なんて」

「中国はなんでも有りなんだヨ。最悪の環境の中で生き抜き、王は悪党を見分ける能力を手に入れた」

「おまえ、けっこう年食ってるしな」

同級生だが、王は五歳もサバを読んでいる。そう考えれば、学年トップの俺より知恵がまわって当然だった。

「チローちゃん、王の直感を信じなさい」

「推理物のルールとされる『ノックスの十戒』には、『探偵は偶然や第六感で事件を解決してはならない』となってるけどな」

「王に規則なんてないヨ」

「さらに十戒には、『中国人を登場させてはいけない』なんて決まりもある。つまりおまえは存在しない」

「そうだね、王は生まれてこなければよかったんだ」

悲しげな声で言い、チラッと俺にとがめだてするような視線を送ってきた。

体育館の前を素通りした王は、渡り廊下から離れの第二棟へと入っていった。そこはかつて山羊小屋があった場所だ。

第二棟の奥まで進み、王がステンレス製の扉の前で足を止めた。

行き着いたのは、やはり呪われた山羊小屋跡だった。だがシャーロック・ホームズに寄生するワトソンと同じく、俺には王の考えがつかめなかった。

「おい、ここはゴミ捨て場だろ」

「チローちゃんがそう思うなら、他の人もそう思ってる。犯人の隠れ場所としては最適ネ」

「まさか……」

俺の脳裏で、レイプされたメス山羊がメーメーッと鳴きだした。

王が勢いよく扉を開けた。

そこにいたのは、人のよさそうな校務員のおじさんだった。汗まみれの作業着姿で焼却炉の中を火掻《ひか》き棒《ぼう》で突っついている。

つよい衝撃を受け、俺はその場に立ちつくす。

おじさんが笑顔でふりかえった。

「どうしたお二人さん。ゴミ焼いてるから入ってきちゃダメだって」

「ええ、まぁ……」

俺は吐き気に襲われた。

焼却炉のまわりは熱で空気が屈折している。おじさんの顔がゆがみ、殺処分されたメス山羊の目と重なった。

焼却炉の横には女物の赤いポーチが置いてある。体育祭の来客から盗み取り、現金だけ抜きとって証拠品を焼き捨てようとしているのだろうか。

それとももう一つ、ポーチの脇に電子辞書が転がっていた。

ひょいと電子辞書をひろいあげた王が、手柄顔で俺に渡した。

「はい、どうぞ。これってチローちゃんのでしょ」

「あ、オレのだ」

それは、三月前に盗まれた銀色の電子辞書だった。

殺伐とした雰囲気の中、何の予告もなく校務員が赤く熱した火掻き棒を振り上げた。

思わず俺が後ずさると、王が一歩前に出た。

「ツァオニマッ！」

巨体が俊敏な動きをみせた。卓球のオリンピック候補生の肩書きは本物らしい。鉄棒の攻撃をすばやくかわし、香港のカットマンの強烈なスマッシュが炸裂する。

鋭い掌底打《しょうていう》ちを食らったおじさんが、くるっと白目をむいて昏倒《こんとう》した。王はブランド物のポーチを戦利品みたいに取り上げた。

中をさぐると現金と貴金属が出てきた。

「チローちゃん、今日はおじさんのかき入れ時だったみたいネ」

「マジで捕まえやがった」

「最初から校務員が犯人だとわかってたヨ」

「何とでも言え。まぐれ当たりでも、犯人逮捕はおまえの功績だ。王、おまえは本当に凄いヤツだな。味方でよかった。敵にまわすと怖すぎる」

俺は冗談めいた口調で中国版名探偵を称賛した。

王の身体が空気熱でゆらゆらと揺れている。一瞬、そのたわんだ虚像が妖艶な母親と二重写しになった。

「この赤いポーチは母ちゃんの。鈴麗にバレたら、校務員のおじさんはチャーシューにされちゃう。王に見つかってラッキー」

王は小柄な校務員を肩に担いで歩きだす。

きっと窃盗犯を佐竹に突きだすのだろう。中華思想を重んじる王は、献上によって自分の成績が良くなると思いこんでいる。

巨体を見送りながら、ふと俺は疑念にとらわれた。

ノックスの十戒には、『ワトソン役は自分の判断をすべて読者に伝えなければいけない』という決まりがある。

では俺もそれに従おう。

ずばり、連続盗難事件の真犯人は王明陽だ。

現場に俺を同行したのは、犯人逮捕の証言者として体育祭の実行委員長が最適任者だったからだろう。

探偵本人が犯人だったという推理小説はいくつかある。

また今日の王明陽の一連の言動は、あまりにもスムーズすぎて自作自演のように思えるのだ。証拠物件である王鈴麗のポーチも、前もって息子の王明陽が焼却炉の横に置いておいたのではないか。

また三月前に盗られた電子辞書が、都合よく手元に戻ってきたのも心にひっかかる。友情にめざめた王が、盗品を俺に返すため一芝居打ったのではないだろうか。

愚直なワトソンの推理はここまでだ。

結局、真相は藪《やぶ》の中。やはりそれもメス山羊の呪いにちがいない。

俺は焼却炉脇でまたも嘔吐した。

窓外を見ると、早くも激しい雨がグラウンドを濡らしていた。午後の競技はすべて中止になるだろう。


時間の流れって不思議だよな。

いったん塞《せ》き止《と》められると、過去がすごい勢いでよみがえってきて、未来がまったく見えなくなってしまう。

今回もそうだった。体育祭はどうにか乗り切ったが、一学期の期末試験でつまずいてしまった。カンニングがバレたのだ。

常習犯の俺じゃない。

不正行為の主犯として名指しされたのは、成績優秀者の立花由紀だった。試験の解答に同一のものが複数あって、四人の女生徒が友子先生に問い詰められた。彼女らは一様に言い逃れし、カンニングの首謀者として由紀の名をあげたのだ。友を売った女生徒たちは一週間の自宅待機となり、由紀本人の処分は明日の職員会議で決定されることになった。

今日の午前中、担任の友子先生が由紀と話し合ったが、何一つ弁明せず黙秘をつづけているという。

子供の頃から、由紀の頑固さは折り紙付きだ。大人たちの理不尽な脅威に対し、独りでしゃにむに突っかかっていく。そうした闘争心があればこそ、バタフライ泳者として記録を残せたのだろう。

昼休みになったので、俺は買いこんだカレーパンを二個持って図書室へと急いだ。もちろん昼食を図書室でとることは校則違反だった。

気にせず、廊下奥の大きな引き戸を開く。

室内に人の気配はなく、書棚から湿気た匂いが立ちのぼっている。下っ腹を刺激する本の匂いに導かれ、哲学書コーナーへと歩を進める。思った通り、二人がけの木椅子に黒髪の女生徒が静かに身を沈めていた。

ふりかえった由紀が、いつものように微笑みかけてきた。

「鰐淵くん、来ると思ってた」

「由紀はいつも俺の先回りしてる。ひさしぶりに一緒に食おうぜ。ほらよ」

カレーパンを受けとり、由紀が小首をかしげた。

「また人を励ますつもりね。最悪な局面でも嫌な顔をみせず、いつも笑いにもってい
く」

「まともに対応するのが苦手なんだ。でも、今日は笑いぬきでいくよ。担任の友子先生に謝罪して頭を下げてくれ。そうすれば丸くおさまる。オレだってソロモンたちに答案を見せてる。でも、すなおな態度だから見逃してもらってる」

「鰐淵くんがいちばんよく知ってるでしょ、私の性格」

覚悟を決めたように由紀がそう言った。平凡な風貌だが、彼女の胸奥にはアスリートとしての熱い闘魂が宿っている。長い付き合いなのに対応を見誤ってしまった。

俺はカレーパンをかじりながら言った。

「火に油をそそいじまったな」

「ええ、謝罪する気はないわ。いいの私は、退学処分になっても。他の女生徒たちがちゃんと卒業できれば」

やはり食欲がないらしく、由紀は袋入りのカレーパンを通学バッグの中へしまいこむ。

「今回の件は、すべてオレに責任があると思ってる。ずっと仲間たちにカンニングさせ

てきたし、由紀は前例に倣《なら》ったにすぎない。つまり主犯はオレなんだよ。学校側にはそう申告するつもりだ」

幼なじみの由紀の薄い瞳が、何かを思い出す風に微妙に揺れた。

「あなたみたいに繊細な男子はこの世にいない。失敗すると、いつも鰐淵くんは図書室の隅っこに隠れてお昼ご飯を食べてた。そして、あなたの手には分厚い書物が握られてたわ。昔は男友だちもいなくてひとりぼっち。あだ名は『本の虫』」

「まさかね」と俺は首を横にふった。「それって記憶ちがいだろ。オレは小学生の頃からクラスの人気者で、休み時間はみんなと野球をしてた」

「うん、してたよね」

「そうだろ。チーム決めの時はみんながオレを取り合ってた。なにせ名ショートだからね」

彼女はため息をついた。

「たしかにみんなが鰐淵くんを取り合っていたわ。でも、あなたの定位置はショートじゃない。二塁よ」

「あ、そうだった。俊足で守備範囲が広いもんだから、一番セカンドの時もあったな」

「ううん。二塁手じゃなくてセカンドベース」

「あんッ？」

俺はあっけにとられた。いったい彼女は何を言っているのだろうか。野球少年の俺のポジションがセカンドベースだなんて！

由紀がつらそうに言った。

「少年野球が始まると、一塁と三塁の直線が交わる所に鰐淵くんはグローブも持たずにじっと立ってるの。だって、セカンドベースだもの。そして二塁打を放った男子生徒は、あなたに猛烈なスライディングをお見舞いする」

「選手ではなく野球用具だと」

「それでもあなたは楽しそうだった」

「……そうだっけ」

たとえ用具だとしても、俺がいなければ試合は始まらないのだ。

無機質なセカンドベースもまんざら悪くはない。あせった俺は、必死にそう思おうとした。ワクにとらわれない両チームの十人目のプレーヤーともいえる。たぶん、子供の頃は誇りを持ってその役割をこなしていたのだろう。

何十回と猛スライディングを食らった傷が、今も俺の両スネにきっちりと残っている。心の古傷までがよみがえってズキズキと痛みだす。

こらえきれず、俺は話題を転じた。

「確かに運動はあまり得意じゃなかった。でも、学芸会の時はいつも主役で、『オイデイプス王』を見事に演じきった」

「いつの話」

「小学校六年生の時。君は魔獣スフィンクスの役だっけ」

「小六の時に一緒に演《や》ったのは『シンデレラ』よ。私が主役で、鰐淵くんはセリフのないカボチャの馬車の馬の脚」

「今度は馬の脚?」

「ね、落ち着いて思い返してみて。難解なギリシャ悲劇を学芸会で取り上げる小学校なんてないでしょ」

「そうかも。なら中学時代の話をしよう。担任だった丹下《たんげ》先生は本当にすばらしい人格者だったよね」

するど、由紀が言下《げんか》に吐き捨てた。

「私はそうは思わない」

かまわず俺は話を続行した。

「荒れた中学校を改善するため、クラス委員のオレは丹下先生といつも連絡をとっていた。二人で模範を示し、不良生徒たちを正しい道に導いて浄化につとめた。思い返してみても美しい師弟愛さ」

「あなたは三年間、ずっと清掃係だった。少しも嫌がらず、学校中の痰つぼをきれいに洗ってた。横で見ていて、悲しいほどピカピカに光ってた」

「……ピカピカの痰つぼか。ちょっと思い出したよ。じつを言うと、オレも少しばかりげんなりしてたかな」

「なぜ人格者の丹下先生に伝えなかったの」

「だって先生はずっとほめてくれてた。君ほど痰つぼを丹念に洗い清める生徒に出会ったことがないと」

　俺は往時を懐かしむ風に言った。

　由紀が椅子から立ち上がり、瞳をうっすら濡らして俺の両肩をゆさぶった。

「あなたは思い出のアルバムをぜんぶ書き換えてる」

「そうなのかな」

「担任の丹下は最低劣な男だったわ。いじめは見て見ぬふり。口ぐせは『いじめられる側にも、それなりの理由がある』。そして誰もやりたがらない雑用はすべてあなたに押しつけた。私が鰐淵くんのことで校長に直訴《じきそ》したら、内申書で最低点をつけられたわ。あんなヤツのことを恩師みたいに言うのだけはやめて」

「君の言うとおりだったのかもしれない。だけど、これだけは思いちがいじゃない。先生は、オレが図書館でひとりで昼飯を食うことを許してくれた。本当にやさしい人なんだよ」

「どこまでお人好しなの。あなたがいないお昼時、丹下は生徒たちにこう言って笑ってたのよ。『陰気な鰐淵が一緒だと昼飯がまずくなるからな』って」

「それはけっして本音《ほんね》じゃないよ。クラス全体の調和と個人の感性に気を配る理想の教師像じゃないか」

「あきれた」

由紀は椅子にへたりこんだ。やせた彼女の横顔は、アゴがちょっぴりしゃくれている。それは、俺が最も理想とするシャープな曲線だった。

無数の書物から香気が立ちのぼる。

独特の湿りを帯びた図書室の片隅で、俺と由紀はひっそりと肩を寄せ合った。


人の記憶はまぎれやすい。

日々、都合のよいほうへと塗り替えられていく。どんな卑劣な行為も、惨めな場面も正当化され、自己肯定の上澄みだけが残る。

そして、きれいに上書き保存された思い出として脳髄に刻みこまれるのだ。

立花由紀の指摘はすべて正しい。

俺は典型的ないじめられっ子だった。今でこそ無類の口達者だが、子供の頃は気が弱くて人前で発言することなどできなかった。

二塁ベースにされるのが嫌になり、中二で不登校児になった。近くのゲーセンに入りびたり、同じ劣等生の小坂涼と知り合ったのもその頃だ。お調子者のマセガキに、悪い遊びを指南されたことで少しずつ立ち直った。

義務教育の恩恵で、港区の中学校をなんとか卒業した。そのあと、俺は区をまたいで池袋駅近くの新設高校へ入った。正体不明の『ビジネス科』なら、中学時代の同級生に会わずにすむと判断したのだ。

けれども、地味な由紀だけが影法師のようについてきた。彼女もまたマイノリティだったらしい。

都立牛込高校は気の良いやつらの集まりだ。

多国籍の生徒らはフレンドリーなので、俺は生まれ変わった気分だった。のどかな校風が肌に合ったらしく、硬直していた心身が一気に解き放たれた。

背丈も一八〇センチまで伸びて成績も急上昇した。気がつくと学年トップとなり、屈強な二人の用心棒を引き連れて池袋界隈をのし歩いていた。

最近になって、やっとわかったことがある。

俺にとって最強のボディガードは、凶暴な王やソロモンではなく、幼なじみの立花由紀だってことが。

どんな時でも、彼女は俺の味方でいてくれた。

だが、今こそ独り立ちする潮目だと思う。窮地に立った由紀を、今度は俺が救う番だ。そのためなら面白くもない人生を棒にふってもかまわなかった。

図書室を出た俺は校長室へ直行した。

牛高の最高責任者に直談判し、交渉が決裂したら由紀と一緒に退学するつもりだった。いつも安全な逃げ場ばかり探してきたが、一度ぐらい捨て身になってもいいだろう。

今の俺には、それだけのパワーがあるはずだ。

午後からの授業をほっぽらかし、俺は静まりかえった校長室の扉をノックもせずに押しひらいた。

室内の黒い革椅子に校長の「ドラコン」が腰かけていた。

「三年一組の鰐淵です」

「ほう、噂の秀才か」

「緊急の用件があります」

「無礼だろ。学生にとって学業よりも大切なことがあるのかね。すでに授業中じゃないか」

ドラコンが渋い声音でたしなめた。

彼のあだ名は、例によって古代ギリシャの立法者からとった。紀元前六〇〇年前、ドラコンという高官が国から依頼を受けた。それは今までの慣習をきちんと成文化するという困難な作業だった。有能な彼は『正義』を公《おおやけ》なものと定め、貴族による法律の独占を打破し、民主化の第一歩を踏みだした。

机上のプレートには、『学校長・下柳竜』と金文字で刻まれている。民間から教育界へ乗りこんできた東大出身の切れ者には、立法者ドラコンの名がふさわしい。

ドラコンは細身の黒スーツに同色のレジメンタルタイをきっちりと合わせていた。ダークブラックの二つの生地が室内の光を吸収している。白髪頭は綺麗に七対三。頬はこけ、眼光だけが異様にするどい。ボルサリーノでもかぶれば、シチリア島を仕切るゴッドファーザーに見えなくもなかった。

論争の相手として、これ以上の難敵はいない。

俺は緊張ぎみに言った。

「お聞きおよびと思いますが、三年一組の集団カンニングについて校長先生の見解をお聞かせ願えませんか」

「それを知ってどうする」

「結果しだいで対抗策をとるつもりです」

「鰐淵くん、君は今回のことでは局外者だろ」

「いいえ、当事者です」

火ぶたの切られた討論で、俺は先手をとった。こちらが捨て身の覚悟だということを、険悪な視線でドラコンへ伝えようとした。

だが、きついまなざしに跳ね返された。

「出ていきたまえ。早く教室へもどるんだ」

「いいえ、話はまだ終わってません。立花由紀はカンニングの首謀者じゃない。そのことは校長先生もわかってるはずだ。不勉強な他の女生徒らに懇願され、答案を見やすい机の端に置いただけです」

「それをカンニングというのだ」

「答えが偶然に目に入っただけでしょう。もし漢字の書き取りで『鰐』という難字が出題されたら、オレだけが簡単に書けるし、けっしてカンニングだとは言われない」

「屁理屈だ。四人の女生徒がちゃんと不正を認めてる。謝罪しないのは立花だけだ。反省の気持ちがどこにもない」

ドラコンは手持ちの太い万年筆をクルリと回した。

紳士づらが憎々《にくにく》しい。

厳格なルールを信奉している社会人ほど厄介なものはない。やたら弁も立つし見栄えもよい。俺が最も苦手とするタイプだった。

じっさい、元一流商社マンの彼が成した功績は目を見張るものがある。不人気な女子商業高校を、一年足らずで男女共学の進学校に造り替えた。さらには大学への推薦枠を独力で切りひらき、進学を望む在校生らには三流大学に全員入れるようにバックアップした。成績優良者なら、聖心女子大学や首都大学へも学校推薦で入学できる。

客観的に見れば最優秀な教育者なのだ。

気圧《けお》されて、少しばかりへりくだった態度になった。

「彼女は成績優秀ですし、なんとかなりませんか」

「いや、立花由紀は精神面に問題がある。常に先生方を小馬鹿にしていて授業態度も悪い。やさしく注意しても反抗的な目付きでにらみ返す。なので担任教師もサジを投げている。退学もやむなしと」

担任の友子先生は、なぜか立花由紀を目のカタキにしていた。

もしかすると、ソロモンが由紀に惹《ひ》かれているのを感じとっているのかもしれない。女教師の男性崇拝の心根が由紀を追いつめていた。それに同調するしたり顔のインテリに憤《いきどお》りを感じた。

「校長先生、あなたの目は節穴ですか！」

大人に対し、俺は初めて声を荒らげた。

腹の底から怒りがこみあげてくる。由紀だけが持つ美徳を、教師たちはまったく理解していない。年下の女から反抗的な態度をとられると、すぐに切り捨てようとする。

ドラコンが冷笑した。

「君こそ目先の事にとらわれてるじゃないか。慶應の法学部を受験するそうだが、自分を過大評価しているのでは」

どうやら校長直々《じきじき》の受験指導を、俺が拒絶したので立腹しているらしい。

「話をすりかえないでください。オレは勝算があるからチャレンジするんです。立花由紀のことを、もし退学処分にするつもりなら教育委員会へ訴えます。もちろんマスコミにも」

「面白い。この私を脅すとは」

「あなたの実兄は文部科学省の事務次官ですよね。校長の民間登用において裏工作があったと週刊誌に情報を流します。もちろんそんな事実はないでしょうが、マスコミは根掘り葉掘り調べますよ」

「鰐淵くん、あの条文を見たまえ」

下柳校長が、万年筆で横合いの白壁を指し示した。

壁にかけられた額縁には、校長直筆の禁止事項がおさまっている。黙読した俺は気分が悪くなった。それは紀元前に記された法典に怖いほど似通っていた。

古代ギリシャにおいて条文化された『ドラコンの法典』は、しごく明快だった。しかし、民衆は困ってしまった。なぜなら施行された法律があまりにも厳しすぎたのだ。

無罪ならその場で放免。

有罪なら即死刑。

安価な物を盗んでも、ちょっと寝坊しても、道でツバを吐いても市民たちはあっさりと首を切り落とされた。いったん捕まったら、もはや逃れる術《すべ》はなかった。そのため他の法学者から批判が続出し、アテナイの雄弁家デマデスは『ドラコンは法をインクではなく民衆の血で書いた』と言及している。

ドラコンがおごそかに言った。

「声に出して読んでみなさい」

「校内での禁止事項。暴力、窃盗、カンニング、タクシーでの登校、その他の迷惑行為。以上、すべて退学」

「どう思うかね」

「ぜんぶ停学処分でよいのでは」

「その通りだよ。だが結果だけ見れば、私が校長に赴任して以来、自主退学者はいても、罰せられた退学者は一人もいない。それは何故か。少し話をひろげてみよう。ある国が核兵器を持ったことを公表すれば、たいがいは敵国からの侵略を防げる。究極の切り札を相手にちらつかせることで危機は回避できるのだよ」

「恐怖のジレンマですね。そんなものは国際紛争では通用しても、青少年の教育では悪影響をおよぼすだけ。キリストが生まれるずっと以前、プラトンが創立したアカデメイアでは、哲学者ソクラテスの自由思想が教育の根幹となってましたよ」

「もちろん知っている。当のソクラテスは、ギリシャの若者らを堕落させた罪で死刑になったことも」

「いや、彼は権力の腐敗に抗議し、みずから毒杯をあおったのです。単に生きるのではなく、善《よ》く生きるために」

「では君はどう生きようとしてる。確かにテストではいつも学年一位だった。しかし、それは教師連の受けがよかったからにすぎない。本当の知力があるのは立花由紀だ。自分の誇りにかけて、死刑宣告に等しい退学を、ソクラテスのごとく受け入れようとしている。他の先生方とちがって、私は立花の頑固な性格を好ましく思ってる。彼女の才能なら難関の東京芸大にだって通る」

下柳校長が革椅子に深くもたれかかった。

詭弁《きべん》にまどわされ、俺はまったく相手の意図がつかめなかった。

なので、もう一度念押しした。

「こちらも結果しだいで強行策をとりますよ」

「腐ったリンゴは箱から放り出す。それが教育の鉄則だ。彼女は君とちがって欠席も多く、この私にまで逆らった。悪い芽は摘みとらねば」

「そんな古くさい教育論なんて聞きたくありませんね。明日の職員会議を前にして、立花由紀をかってに持ち上げたり断罪したり。いいですか、校長先生の判断一つで彼女の将来は決まるんですよ」

「犯した罪はつぐなってもらう。法治国家に例外はない」

冷徹な声が俺の前に立ちふさがった。

堪えていた心の堰《せき》が崩れ落ちる。

俺は拳《こぶし》を握りしめて校長へ詰め寄った。これまで人を殴ったことなど一度もないが、訳知り顔の教育者に一発食らわせたかった。

「オレも級友たちにカンニングさせてる。しかも教師たちは、それを知っていながら見逃してる。もし由紀を退学させるのなら、オレも牛高をやめるし、校長以下全員が退職すべきだ。それが法令遵守《じゅんしゅ》ってもんだろ」

「……見直したよ、鰐淵くん」

「なんで、また」

「何も騒ぐことはない。当校において、期末試験でカンニング事件など起こらなかった。つまりはそうゆうことだ」

「まさか、そんな」

「直感した。いけるとね」

「どこへ」

「次々と屁理屈を並べ立て、論争相手に脅しをかける。それだけのディベート力があれば、君は慶應法学部の『FIT試験』に合格できるだろう」

なんでもなさそうに言い、下柳校長はあざやかにトリプルアクセルのペン回しを見せた。

二転三転する弁論術に翻弄《ほんろう》され、俺は守勢に立たされた。

「そろそろ結論を出してください」

「わかってる。さて、ここからが本題だ」

「で、彼女の処分は……」

「ノット・ギルティ！」

立法者ドラコンは、万年筆の先端で机をカンッと叩いた。

終　章　バタフライ・エフェクト

始まりはいつだって混沌《カオス》なんだよ。

生まれたての世界はドロドロとした大きな塊だったらしい。そして重いものが下に落ちて母なる大地に、軽いものは上に残って父なる天空となった。

ギリシャ神話にはそのように綴《つづ》られてる。

しかし、たいていの人はそんなことに興味ないよね。わかってるけど、もう少しだけ続けさせてくれ。

図書室での立花由紀の理詰めな指摘によって、俺という存在は漠然とした広がりの中に投げ出されてしまった。その姿形は人間ではなく、真四角のセカンドベースだ。

自分の言葉で何事かを語る。

これほど困難な所行はない。古代ギリシャ文明という重心がずれると、俺は言葉につまって心身のバランスがとれなくなってしまう。もしかすると、それは新たな創世記の始まりで、人生の黄金期の幕開けなのかもしれない。

いや、高校最後の夏休みはまぎれもなく没落期の始まりだった。思い出すのもつらいのでハイライトですまそう。

慶應大学のＦＩＴ入試を一ヵ月後に控えた盛夏、俺は赤坂氷川《ひかわ》神社で立花由紀と落ち合うことになった。

下柳校長の英断でカンニング問題は決着した。

しかし由紀の気持ちは晴れなかった。それどころか、俺がよけいなことをしたと憤慨しているようだった。しばらく冷却期間を置き、お盆明けに『氷川神社で会いたい』と短いメールを送った。

すぐに由紀から『いいよ』と返信があった。

アメリカ大使館前を抜け、俺は赤坂六丁目の裏道へとまわりこんだ。参道づたいに少し行くと、三ツ巴《みつどもえ》模様の高張りちょうちんが立っていた。白木の鳥居をくぐり、急勾配の石段を駆け上がる。

鎮守の森の高みから懐かしい蟬《せみ》しぐれが降りそそぐ。

約束の時間まで少し時間があった。大銀杏《おおいちょう》の樹下で、俺は尻ポッケから取り出した文庫本のページをひらいた。英国作家アラン・シリトーの『長距離走者の孤独』だ。

六十年も前に書かれた青春小説だが、その清冽《せいれつ》さは少しも薄れてはいない。

スピード感のあるストーリーなので、俺はすぐに作中の主人公と同化できた。不良少年のコリン・スミスは貧しい育ちで学校も中退している。悪い仲間とつるみ、窃盗罪で警察に捕まって感化院にぶちこまれてしまう。未来の展望など何もない。唯一他人《ひと》よりすぐれているのは長距離走だ。そこに目をつけた感化院の院長が、院の評価を上げるため長距離の競技大会にコリンを送り出す。

だが、一位でゴールラインの前まで来たコリンは、そこで立ち止まってゴールテープを切ることをこばむのだ。

がんじがらめの管理社会に背を向け、反抗心に身をこがす『怒れる若者たち』はどの時代にもいたようだ。しょせん俺はセカンドベースにすぎないが、そのことが無性に嬉しかった。

「ごめん、少し遅れちゃって」

大銀杏の幹の裏側から由紀が顔をのぞかせた。不意に背後からあらわれて、子供の頃みたいに俺を驚かせようとしたらしい。

俺は文庫本をとじて口ごもる。

一ヵ月ぶりの対面なので妙に照れくさかった。伝えたいことがスムーズに口から出てこない。気の利いたセリフを探したが何も思いつかなかった。

脳内に下りてくるのは、どこかで読んだことのある使い古しのフレーズばかりだ。思い返してみれば、俺が確立した自己はすべて一貫性のない乱読に依存している。選挙権を持つ年齢にもなって、自分の言葉など何一つ持ち合わせてはいなかった。

するると、由紀が話の導入部を用意してくれた。

「逢いたかったわ」

「……オレも」

「色々と気をつかってくれてありがとう。鰐淵くんが校長にかけあってくれたので退学にならずにすんだ」

「怒ってるんだと思ってた。あれ以来、電話しても留守電ばかりだったしさ」

「事情があったの」

「でも、とにかく逢えてよかった」

「昔から鰐淵くんが氷川神社に私を呼び出すときは、謝ることが前提なんだよね」

「すまん。カンニング問題で勝手な口出しをして」

ちょこんと頭を下げた。

やっと緊張がほどけ、俺たちはいつものように境内を歩き出す。

秋祭りの時は屋台店も出てにぎやかだが、夏場の夕暮れ時は参拝客も少ない。ここは子供の頃から二人の遊び場だった。

幼なじみの由紀が、本来のやさしい笑みを浮かべた。

「こっちこそごめんね」

「こまるよ、そんな切り返し」

「あの日さ、図書室でわざと意地悪なことを言ったり、あなたの好意をすなおに喜べなかったのは別のことなの。カンニングの件で友子先生と懇談中、お説教まじりに鰐淵くんの進学のことを聞かされて」

　察した俺は、口をはさんだ。

「これ以上誤解されたくないからちゃんと話すよ。ずっと黙ってたけど、慶應法学部を受験することにした。赤江純子さんがらみだと思われるの恥ずかしくて」

「実際にそうなんでしょ。慶應で純子とキャンパスライフを送りたいのね」

　返す言葉がなかった。

　状況はどうあれ、赤江純子への憧憬が消えることはない。港区に豪邸があり、優雅で平穏な暮らしを送っていれば、どんな娘だって気高い表情の美少女になる。硬派の社会学者が説くように、親の年収とDNAの差で、少年少女らの将来は決まる。

　どれほど努力しても階層社会での逆転は不可能だった。

　けっして手に入らないから欲しくなる。俺が純子に抱く憧れは、ある意味で真っ当な感覚なのだと思う。

　だが、由紀はもっと直截だった。

「言っとくけど、受験勉強に打ちこんでる純子にほんとは彼氏なんかいないからね。鰐淵くんが純子のことばかり知りたがるので、わざと遠ざけるようなことを言ったの。私、彼女のこと嫌いだし」

「こまったな。オレは嫌いじゃない」

「わかってる。鰐淵くんと純子は同じクリスチャンだものね」

「オレ、神の存在は信じてるけど、宗教には興味ないんだ。洗礼を受けた教会にもずっと行ってないし」

「だったら八百万《やおよろず》の神々が座す本殿に行こうよ。神様の数が多ければたくさん願い事ができるでしょ」

「まさか合格祈願？」

「それに近い。最高なのは慶應法学部の受験に鰐淵くんだけ通って純子が落ちること。次点は両者とも不合格。偏差値どおり純子だけ合格するのは癪《しゃく》だけど、最悪なのは二人そろっての合格。どう、私の性格って最悪でしょ」

笑って言ったが、すべて本心だったと思う。

由紀の激しい気性が露《あら》わになった。あと一歩踏みだせば互いの心情が重なり合う。もし俺が応じれば、稀有《けう》な男女間の友情は帳消しになってしまうだろう。

幼なじみの由紀と別れることも、結ばれることも怖かった。

曖昧に笑うしかなかった。

「慶應法学部の受験動機も不純だしさ、オレは偏差値どおりのケースしか思い浮かばない」

「いいえ、きっと鰐淵くんだけが合格する。でなきゃ、世の中って不公平すぎる」

「最後は神頼みか」

「そう、赤坂氷川神社は私たち二人の氏神様だよ。これまでも願いを聞き入れてくれた。ね、お詣《まい》りしよう」

「その前に、由紀に訊いておきたい」

「いいわよ。私もぜんぶ話すつもりで来たから」

「ずっと心配してた。そんなに痩せちまって、どこか身体が悪いんだろ、火曜日ごとに学校も休んでたしさ。本当のことを伝えてくれよ」

由紀がさらりと言った。

「右目の奥に小さな腫瘍がある。火曜日が大学病院の診察日なの」

「それって」

「両親は病名を教えてくれないけど、たぶん脳腫瘍ね。九月なかばに簡単な手術する。担当医師は百パーセント治るって」

「……そうだったのか」

うまく言いつくろえない。

体を張って守ったつもりでいたが、命の瀬戸際に立つ彼女にとって、退学処分なんてどうでもよいことだったのだ。赤江純子への感情的な反発も、すべてに恵まれた同性への苛立《いらだ》ちだと感じとれた。

俺たち二人は本殿に詣り、それから飛び石の先にある絵馬堂へと歩を進めた。社務所で木製の絵馬を二枚買い、一枚を由紀へ渡した。

俺は筆ペンで『健康恢復《かいふく》』とだけ書いて絵馬堂に奉納する。

由紀は少し考えたあと、絵馬に願いを託した。ちらりと横目を走らせると、こんな風に記されていた。

『鰐淵四郎君の慶應大学法学部合格をお願いします。私の身命をかけて』

俺はずっとふざけて生きてきたし、これから先もまともにやっていく気などないが、今日だけは本気で戦い抜くと決めた。

勝負は一度っきりだ。高低差30の偏差値。それはあまりにも無謀な挑戦だった。だからこそ全身全霊を捧げる価値がある。

慶應法学部のＦＩＴ入試は、おのれの全人格をかけた戦いだ。

暗記力なんてクソの役にも立たない。難問を前にして臆せず、臨機応変に突破を試みる。親子ともども社会の底辺であがいてきた俺にはきっとその推進力がある。それに今日の昼には、難病の立花由紀が大学病院で手術に臨むことになっている。

絶対に負けまいと心に誓った。

先に言っとくよ。このあとは愉快で笑いのとれる記述はいっさいない。でも、ここまで来たら最後まで俺に付き合ってくれ。

ＦＩＴ入試が始まる一時間前、俺は都営三田線の車輌内で『異邦人』を読んでいた。誰にでも、ここぞという時に読み返す本があるだろう。俺にとって、それはアルベール・カミュの小説だった。

主人公のムルソーは究極のアウトサイダーだ。彼には期待や不安という感情がない。その目に映る世界はただ不条理なだけで、文体にもイカれた虚無感がにじみ出ている。実際、この世を理屈で判断しようとすればおかしなことになる。

太陽のせいで人を殺したムルソー。

小説の裁判場面をたどりながら、俺はそのことを再認識した。

車輌内を見回すと、受験生らしき連中が一様に青ざめた顔つきで未練がましく面接対策本を繰《く》っていた。

都立トップ校は一様に制服が地味だ。そして、みんな育ちの良い顔をしている。牛込高校の青いブレザーは恥ずかしいほど派手だった。ボタンダウンの縦縞シャツに七三の髪型をきめた俺が、車輌の受験生の中でいちばん知能が低い。前に立っていた老婦人と目が合った。白髪頭をベレー帽で隠し、眼光は『どきやがれ』と強訴《ごうそ》している。

この状況下でムルソーならどうするのか。

俺は異邦人の世界に戻った。きっとクールな態度で弾倉が空《から》になるまで撃ちつくすだろう。そして、こう言うはずだ。

「車内の風通しが悪かったから」と。

一駅通過してから、次は三田駅だとアナウンスが入った。

俺は老婦人に軽く会釈し、何事もなかったように電車を降りた。あざやかな舌打ちが背後で聞こえた。彼女がわかりやすく疲れた表情を浮かべていれば、もっと早く席を譲っていただろう。

異邦人を尻ポッケにねじこみ改札を抜け出る。二番出口に通じる長い階段を、俺はローファーで小刻みに上っていった。

地下鉄の三田駅前はとても殺風景だ。周辺には高層ビルが建ち並ぶばかりで、一軒の喫茶店も見当たらない。

九月中旬の高空は青く晴れ上がっていた。

ワンブロックほど歩いていくと飲食店街に出た。ふっと気がゆるむ。試験当日であることを忘れ、俺は角地のゲームセンターに入りかけた。

「どうぞ、お受け取りください」

ゲーセン前に立っていた地味なネルシャツの女が、俺に歩み寄ってきた。ティッシュだと思って受けとろうとしたが、聖書の一文を記した小冊子なので手をひっこめた。

「いらないよ」

「なにか悩みごとがありそうですね」

「試験日だから」

「イエス様を信じてみませんか」

「信じてた。昔ね」

「主《しゅ》はあなたが教会に帰ってくることを待っておられます。きっと世俗に汚れた身体を抱きしめてくれるでしょう」

「どいてくれ」

不信心者の暴言には慣れっこらしく、女は笑顔で道をあけた。

イヤホンを耳につけ、俺は道を急ぐ。『イマジン』を聴きながら、近くのコンビニでウーロン茶だけを買った。

朝飯を食ってこなかったが空腹感はない。

夜遅くまで働いている母を早朝に起こしたくなかった。平日なので通学する感じで家を出た。それに両親には慶応受験のことを何一つ伝えていない。

ＦＩＴ試験は自己推薦だ。

それは自己責任ってことだと思う。

それなりに準備はした。下足番のバイトで荒稼ぎし、多額の入学金だってちゃんと用意が出来ていた。

試験直前に悪《あ》しき想像が広がる。

アルベール・カミュとジョン・レノンが似ていると言ったら、それぞれのファンは眉をひそめるだろう。

両者は無神論者のネガとポジだ。皮肉なもので、二人とも天罰みたいな死に方をした。レノンは凶漢に銃弾を撃ちこまれ、カミュはプラタナスの樹木に車ごとぶつかった。二人は死が不条理であることをあざやかに体現したのだ。

凡庸《ぼんよう》な俺の立ち位置は、レノンやカミュよりもはるかに穏健だ。

言い換えると、何の才能もなかったってことかな。

おかげで今日の受験を無事に迎えることができた。極端に偏《かたよ》りすぎると、リベラルな校風の慶應の試験では除外されるからね。

堅牢な三田図書館を横切って桜田通りに出る。芝公園の奥に深紅の東京タワーが望見できた。

数年前に東京スカイツリーが建って観光客は激減したらしい。しかし港区育ちの俺からすれば、やはり赤い東京タワーが大都心のシンボルだ。薄青い光を放つスカイツリーの夜景など気が滅入るだけだった。

俺は他の受験生たちと一緒に国道の交差点を渡った。慶應大学の正門前には進学塾の関係者らが立っていて、教え子たちに檄《げき》をとばしていた。

俺は三田校舎に足を踏み入れた。

最初に目に映ったのは精悍な二人の警備員だ。一人は赤色警棒を手にして車の出し入れに専念している。もう一人は矢印の立て札を持っていた。

矢印の警備員が、到来した受験生たちにやさしい声音で指示している。

「FIT入試の方は、あちらに向かってください」

言われたとおり、俺は黒い矢印にそって階段を上がっていく。南会館が受験会場らしい。全面ガラス張りの外観は斬新で、六本木の商業施設のようにも見えた。その周囲の旧舎は歴史の重みの中でくすんでいた。

イヤホンを耳から外し、階段を上がりきった。俺は受験生たちの後ろにつき、流れるように南館に入った。内装は青みがかったグレーでまとまっている。

進行方向の左手に受付用のテーブルがあった。若い男性職員が、ひとかたまりになった受験生たちを正確にさばいていく。

「受付はこちらです。それぞれ法律学科と政治学科の二列に並んでくれますか。呼ばれたら受験票を提示してください」

指示もさわやかで心地好い。たぶん彼も慶應出身なのだろう。すぐに順番がまわってきた。俺はカバンの中からラッキーナンバーの受験票を取り出した。

「0018です」

職員は手元の用紙から番号を見つけ、マーカーで塗りつぶした。

「都立牛込高校の鰐淵四郎さんで合ってますか？」

牛込高校という言葉の響きが、どこか遠い異国のもののように聞こえた。満座の中で悪い性癖を公表されたような気分だ。どんなに秀才を装っても、俺の通っている高校の偏差値は44にすぎない。

他の受験生は声高に母校の名を告げ、誇らしげだった。

こんなに引け目を感じたのは、赤江純子と喫茶店で話して以来だ。あらためて自分の分を知るには良い機会になった。

きっと慶應の若い職員が、『牛込高校』の四文字を口にするのは最初で最後だろう。

「はい。牛込高校でまちがいないです」

「いいですか、ドアが二つあります。右が法律学科、左が政治学科の入り口です。がんばってください」

「どこかに合格の近道はありますか」

「教室の奥にある扉が近道です、トイレのね。今日はあなたが出せるモノをすべて出す日なんだよ。さ、リラックスして」

ハンサムな職員が諭すように言った。

俺は笑って一礼し、左のドアから入室した。

大教室は縦長の造りだった。前方に教壇があり、その後ろには二段可動のホワイトボード。試験の時間割の横に『受験番号に従って席に座ってください』という注意書き。

席は八列で、右の四列が法律学科、左の四列が政治学科になっている。前評判どおり、いちばん後ろから見ると、教室は二五メートルプールほどの奥行きがあった。

第一次の書類審査を突破したのは女子のほうが多かった。ベージュのカーテンは閉めきられていて、受験開始三十分前だが席の九割が埋まっていた。

早めに来たつもりだが、俺の出足は遅れたようだ。

全員がなんらかの本を読んでいる。最も多いのが小論文の対策本。次が面接のマナー指南書、少数派だが日経新聞を手にしている受験生もいた。

薄っぺらな文庫本を持参したのは俺だけだ。

慶應志望者の顔立ちに統一性はなかった。丸顔の縄文系、長顔の弥生系、そして牛高ではお目にかかれない端正な白人ハーフ、多種多様な面相があった。秀才らの共通点を探ろうとしたが、心持ち頭部がでかいということぐらいだった。

学問に固執するユダヤ民族が、みんな『鷲鼻《わしばな》』というわけでもないだろう。しかし、俺が慈《いつく》しむ腑《ふ》抜《ぬ》けの牛高生たちは『だらしない口まわり』という特徴を共有していた。

俺は四列目に着席し、受験番号を再確認した。

高壁にはモニターが備えられている。試験中はスクリーンを通してホワイトボードの文字が見えるらしい。左隣の受験生が声をかけてきた。ポニーテールの女はグレーの清《せい》楚《そ》なブレザーを着こんでいた。

「ごめんなさい、余分に消しゴムを持ってませんか」

「どうぞ」

筆箱から取り出した消しゴムを、二つに割って彼女に手渡した。

「ありがとうございます」

「あとで返さなくていいよ。こうでもしなきゃ消しゴムって減らないし」

「そうですね」

彼女は作り笑いを浮かべた。前歯にはきっちりと矯正器具を付けている。

「消しゴムを使いきったヤツなんて見たことがない。きっと世の中は消したくない言葉でいっぱいなんだよ」

「なんか圧倒されちゃいます。東京の人、ですよね」

黒目がちの瞳がしどけない。

ここが試験会場でなければ、一発で口説き落とせるタイプだ。

「そうだよ。君は？」

「北海道です。札幌南高校って知ってますか」

「……作家渡辺淳一の母校だろ」

外科医から作家に転身した才人の出身校なら、まちがいなく彼女の偏差値も高い。

「よくご存じですね。在校生でも、渡辺先生の死を知らない人もいるのに」

「君なら合格できるよ」

「自信ありません。でも、その制服カッコイイですね。日比谷高校とかですか」

「そんな感じ」

俺は適当に話し、的確に受け流した。

よく見ると、かなりの美形だ。前歯の矯正が完成したら、準ミス慶應ぐらいにはなれるだろう。うまく入学できたらの話だけどね。

俺は若い職員の指示どおり、出すものを出しに席を立った。

用を足したあと、手櫛で髪を七三に整える。鏡で自分を見つめていると何となく落ちつけた。ケータイの電源を切り、俺は両手で頰を軽く叩いた。

席に戻るついでに教室全体を正面から眺めてみる。前のほうのグループの声がやたらうるさい。みんなちがう制服を着ていて、ツーブロックへアーの男子学生が中心になってしゃべっている。ＦＩＴ試験に特化した進学塾に通っている連中らしい。興奮ぎみに出題傾向や互いを鼓舞する言葉を交わしていた。他の受験生は彼らの言葉に耳を澄ませていた。

着席した俺の耳にも雑音がまぎれこむ。

「いいか。去年の出題から考えると、今年は法律法学科寄りの問題が出る可能性が高いぞ」

リーダー格のツーブロックが言い放ったとき、政治学科の受験者たちがざわついた。それから、調子づいたツーブロックが断定した。

「憲法九条だ。まちがいない」

「そう、九条だ」

取り巻きが同調した。

一瞬で会場がパニック状態になった。列を離れた受験生たちが、必死の形相で知り合いを探し始めた。

「誰か六法全書を持ってないか！」

運よく六法全書を持参していた法律学科の受験生たちが、そしらぬ顔で九条のページをひらきだす。

俺の手元には筆箱と文庫本しかなかった。

雑学に身をゆだねるスネ者が、いまさら憲法九条に目を通しても無駄だ。それに分厚い法律書なんて固すぎて枕にも使えない。

試験会場の騒ぎをよそに、付箋をはさんだページから『異邦人』を読み進む。

「余裕がありますね」

横合いから、また北海道の女が話しかけてきた。

「忘れちゃダメだよ。ここは戦場だし、オレと君は敵だから」

文庫本から目を離さず、前歯を矯正中の女に引導《いんどう》を渡した。

被告席にすわったムルソーは虚《うつ》ろだった。その気持ちを、受験生の俺はしぜんに受け入れた。本の中で死刑囚のムルソーと司祭が死について対話を始めた時、大教室に試験官の教授たちが入ってきた。

俺は『異邦人』をバッグにしまった。感覚が死刑囚のようにとがっているのがわかった。

小論文の試験前に五十分間の特別授業がある。

Ａ４の紙を二人の試験官が配布していった。これがメモがわりらしい。

教壇に立ったのは四十代半ばの大学教授だった。カジュアルなスーツに水色のネクタイ。伸縮自在の差し棒を使い、自分の左肩をリズミカルに叩いていた。

マイクを通して、教授がアナウンスを入れる。

「みなさん、おはようございます」

「おはようございます」

会場内の受験生たちがオウム返しにこたえた。

教授がよく通る声で説明した。

「いまから、始めるのは簡単な授業です。その内容をふまえて、小論文を書いていただきます。授業内容に関する質問は一切受けつけません。天井に設置したモニターに板書を映すので、後ろの席の人はそちらをごらんください。それと携帯電話は電源を切ってバッグにしまい、五十分間だけ私語は慎《つつし》んでください」

モニターが始動した。

授業内容は、マスメディアと政治権力の弊害についてだった。

法体系のアプローチで語られるので、法律学科の受験者らの表情は柔らかかった。一方、政治学科の受験者は食らいつこうと前のめりになる。

レベルは相当に高い。話は次々に派生していき、国民の生活にメディアや政府がどう介在すべきかを教授は語った。どうやら社会学・政治学はメディア・リテラシーと複雑に絡み合っているらしい。

少なからず、俺は感動していた。人生で初めて大学教授の講義を受けていることが掛け値なしに嬉しかった。

俺が教わってきた牛高の授業が、いかにチープでおざなりだったかが判る。

大学教授め、簡単な授業なんてよく言うよ。

でも、めっぽう面白い。

少壮気鋭の教授の語り口はなめらかで、ホワイトボードはほとんど使わなかった。たまに書いても字が汚い。頭上のモニターを通して、やっと解読できるくらいの悪筆だった。

俺は大事だと思った法律用語だけ速記した。多くメモしても、どうせ頭には入ってこない。要点を五個ほどに絞り、その内容を自分なりにまとめた。

二十分ほどで難解な用語にさっさと見切りをつけた。メモはせずに小論文の骨子作りに専念した。「メモ用紙は回収される」と情報通のツーブロックが授業前にほざいていたのだ。

カタカタとペンが動く中、左隣の北海道の女はメモ用紙に大量の言葉を書き記していた。

両腕を組み、俺は中身の展開について考えた。

マスメディアへのきびしい批判なら、八百屋《やおや》の爺さんでもこなせるだろう。そこをできるだけ抑え気味に記し、報道の自由とうまく絡めることが大切だと感じとった。一般論などいらない。受験生の書いた小論文を読むのは、偏屈者の大学教授たちなのだ。

担当教授が授業のまとめを語った。

「……このように、マスメディアは権力を監視する役割を持っている。しかし、暴走を引き起こすことも考えられますね。たとえばジャーナリズムのスクープ主義。人の手でつくられるものには失敗と作為がつきもの。それは法律や政治も同じ。人々の生活に深く根差すマスメディアは、いまや強力な権力でもあるのです。やはり忘れてならないのは個人の自由とプライバシーじゃないですか。国家権力やマスメディアといえども、それを侵す権利はないのです」

教授は差し棒を縮め、頭を下げた。

俺は拍手を送ろうと思ったが、他の受験生はそんな雰囲気ではなかった。教授の締めの言葉をメモするのに精一杯だった。

教授が使った「プライバシー」というありきたりな言葉が、グループ討論で受験生たちに大きな影響を与えるとは、その時点では誰も気づかなかった。

手早く事務員が用紙を回収した。

それと同時にA3の紙が配られる。記述は縦書きではないらしく、緑色の横線が入っていた。小説ばかり読んできた俺は、縦書きの文章のほうが好みだった。

教授が再びマイクを握った。

「いまから小論文の試験です。カンニング、その他の疑わしい行為をした者は失格にします。テスト中、トイレに行きたくなった人は挙手してください」

問題用紙が裏返しで配られた。

そして五分後に試験が始まった。まず答案用紙に受験番号と名前を書いた。それから問題用紙を表にして明記された設問内容に目を通す。

俺は孤独な戦いに身を投じた。

四十五分間、全力を傾注しなければならない。出題は『報道機関の取材は、個人または集団に対してどこまで許容すべきか』というものだ。

憲法九条とはまったく関係がない。ツーブロックの読み筋は、かすりもしなかった。もしかすると受験生のペースを乱すためにデマを流したのかもしれない。もしそうだったのなら、ライバルたちにかなりのダメージを与えた。

俺には秘策があった。

小説と同じく、小論文も『起承転結』で書き進めるのがベストとされている。だが短い時間内で、そんな悠長な正攻法で行っても教授たちの目にはとまらない。

俺は夏休みの間に百本の小論文の課題をこなした。そこで編みだしたのが『結転承起』の逆転の攻略法だ。

まず書きだしの一行目に、しっかりと大事な締めの『結』を書いてしまう。続く『転』でその論を反証し、さらに『承』できっちりと内容を深める。この時点で残り時間が無くなった場合は、そこで終わってもかまわない。もし余裕があれば、『起』も書きつないで最初の『結』と連動させるのだ。

こうすれば、他愛もない論旨も力強い車輪となって自在に回り出す。

俺は奇策を念頭に、『真実を伝えるジャーナリズムの言動はすべて自由である』という肯定的な立場をとった。

教授の特別授業を受けてから小論文を書くので、当然のごとく専門性や完成度は高いものが求められる。その前提でA３の解答用紙を四十五分で埋めることは、一般的な小論文より難易度が格段に高い。

俺は、採点者の読みやすい字を書くことだけ気をつけた。

鉛筆が勝手に走っていく。数年前の中国の電車脱線事故に関するメディアの動きとからめ、俺はジャーナリズムの大切さを説いた。

慶應の校風に合わせ、解答はリベラルな内容にならなくてはいけない。そう感じた俺は、転の部分で自分の立場の反対意見を並べ立てた。行き過ぎたメディアの在り方に苦言を呈しつつ、一方で報道の正統性を認めるという両面作戦をとった。

三十五分で答案用紙の表面から裏面の半分まで書きあげた。あとは余裕を持って誤字脱字を直していった。

俺がいちばん早く課題を書き終わったようだ。

五分余ったので、起の部分をさらに加筆して掘り下げた。

「はーい、そこまで」

試験官が時間終了を告げた。

前列を見ると、ツーブロックが鉛筆をとめず、悪あがきの醜態をさらしていた。やはり四十五分という時間は短すぎるらしい。

俺は手ごたえを感じていた。先ほどの特別授業で習ったばかりの法律用語が、内容とうまく当てはまっていれば、かなりの高得点が期待できる。

解答用紙と問題用紙の回収後、試験官たちは会場から出ていった。

受験生たちに、しばしの休憩時間が与えられた。あちこちで吐息が漏れ、教室内が一気に騒がしくなる。受験者の中には、もう落ちこぼれが出ていた。

机につっぷしている者もいる。札幌南高校の名誉のために言っておくが、北海道の女のことじゃないよ。彼女は急いでトイレへと走っていった。良い判断だ。ちゃんと出すものは出さなきゃリラックスできないからな。

ふいに前席の受験生がふりかえった。スポーツ刈りで角顔のニキビづら。北海道の女とちがい、こいつは一見して田舎者だとわかった。

「消しゴムなら、もうないけど」

「すみもはん。並び順からすっと、おいとあんたは同じグループで討論をすることになる。一緒にがんばりまっしょ」

俺は半笑いの顔で言った。

「あ、そういうことね。どこから来たの」

「鹿児島」

「オレは東京、よろしくね」

「どこの高校ですか」

「言ってもわからないよ」

「おいはラサール高校のクイズ部なんです。制服から察するに、日比谷や開成ではない。新宿高校じゃなかと」

「ちがうよ。新宿高校より、もっと自由な校風さ」

「シャツがボタンダウンじゃけぇ、海外の高校ってことも考えられますな。イニシャルだけ教えて」

俺はＵＨＳと書かれた通学バッグを見せる。それは「牛込ハイスクール」の略だ。

「わかった。ユタ・ハイスクールじゃろ」

「オレが敬虔《けいけん》なモルモン教徒に見える？」

「じゃあ、ユトレヒト・ハイスクール」

薩摩隼人《さつまはやと》の二の太刀《たち》は虚しく空を斬った。ユトレヒトがどこにあるか知らないが、俺は笑ってうなずいてやった。

そもそも、ユタのスペルだってYから始まると思っていた。『Uで始まる都市名をたくさん書きなさい』なんて試験があれば、ラサールのクイズ部員はまっさきに手を上げるだろう。

「外国語ができるなら、絶対受かるばい」

「どうせなら、一緒に受かろうぜ」

悪いけど、これは気休めの言葉だよ。断言するがあんたは絶対に通らねぇ。そんなに見事になまってたら、このあとのグループ討論でまともな会話ができないだろう。男らしい鹿児島弁は、洗練された慶應の校風にそぐわないからな。

素朴な薩摩っぽに癒やされたあたりで、短い休憩は終わった。

愚か者は驚いてばかりいる。

そんな風に古代ギリシャの哲人たちは嘆いていた。彼らのいう愚か者とは、きっと受験生のことだ。

試験直前に流された偽情報の「憲法九条出題」にみんなが狼狽《ろうばい》していた。さっき話しかけてきた薩摩っぽも、俺の示したＵＨＳを深読みして目を丸くした。

午後、試験官の顔ぶれはがらりと若返っていた。たぶん入試にかりだされた優秀な大学院生なのだろう。

白シャツの袖をまくりあげ、青年がマイクを持った。

「いまからグループ討論が始まります。順番に呼びますので、それ以外の人は静かに待っていてください。呼ばれた学生はいったん別室に通すので、準備が整いしだい試験を開始いたします。移動後はこの教室に戻れないので、忘れものはしないように。じゃあ、列ごとに前から案内していきます」

一番目のグループが呼ばれ、俺は文庫本を閉じて待機した。張りつめた静寂の中、後方から靴音が近づいてくる。

思わずふり向くと、見知らぬ女が微笑んでいた。

「ジェロニモ、私たちどうやら同じグループみたいね」

「……赤江さんッ」

俺は仰天《ぎょうてん》した。

ロングの黒髪をばっさり切り、爽快なショートヘアーに変身していた。しかもメガネまでかけているので、同じ会場にいても気づかなかったのだ。メタルフレームが彼女の顔をより知的にみせている。ＦＩＴ入試に合わせた自己演出によって、赤江純子の聡明さは極限まで引き出されていた。

ずっと思い焦がれてきた俺さえも欺《あざむ》く見事なイメージチェンジだった。受験生の中でいちばんの愚か者は俺かもしれない。

今日は朝からずっと平常心だった。だが彼女に逢ったとたん、たちまち冷静さを失ってしまった。

横合いに立った純子がいたずらっぽく言った。

「見てたよ。『異邦人』読んでたでしょ」

「精神安定剤みたいなもんだよ」

「そうなんだ」

「いまは死刑直前にムルソーが司祭を怒鳴りつけるとこ。残り一ページ」

「結末はあえて読んでないのね」

「うん。赤江さん、髪切っただろ」

「似合ってる？」

それには答えず、俺は少し間を置いてから言った。

「いつ、オレがいるってわかった」

「ジェロニモが入室した時から。小論文もあったし、お互いのためによくないと思って声はかけなかったの」

「気を遣ってくれてありがとう」

「第一次の書類選考をパスできてよかったね。凄いと思う。見直したわ」

速まる動悸《どうき》を必死に抑えた。

「運だけさ。でも、赤江さんとグループ討論が一緒になるとは思わなかった」

「ベストを尽くしましょ、ジェロニモ」

笑顔には好意があふれている。しかし、それは俺をライバルと思っていないからだろう。

純子は軽快な足取りで二つ後ろの席に戻っていった。

前途多難だ。かき乱された心は、いっこうに元どおりにはならない。深呼吸したが脈拍は早まるばかりだ。

俺たちは五番目のグループだった。その中には初恋の女と薩摩っぽが含まれている。順番はすぐにまわってきた。控え室は四階にある。政治学科のグループ六人は試験官と共にエレベーターに乗った。

俺を入れて男が二人、女は倍の四人だ。

牛高と同じく女が多数だが、美形ばかりがせまい箱に閉じこめられると、行き先が天国に思えてしまう。しかし、彼女らはそろって手ごわい競争相手なのだ。

法学部のきびしい書類選考をくぐり抜けた者たちは、秀才ばかりなので小論文で大差はつけられない。つまり、このグループ討論が本当の勝負だった。ＦＩＴ試験の第二次の倍率は三倍だと言われている。

単純計算すると、グループのうち二人しか生き残れない。その二人が俺と純子であることを願うばかりだ。

薩摩っぽが肘で俺を小突き、小声で言った。

「きばいやんせ」

意味不明だが、俺を励ましてくれたらしい。本人も緊張しているらしく口を横一文字に結んでいた。

エレベーターを出ると、試験官が控え室まで案内してくれた。

「ここで待っていてください。十分後、呼びに来ます」

薩摩っぽと一緒に窓際の席にすわった。はめ殺しの窓から太陽光を浴びる。俺は手に取った『異邦人』のラストシーンを一気に読みきった。

四分ほどすると、ハンサムな青年が入ってきた。先ほど俺の受付をした気の良い男性職員だった。

「受験生のみなさま、それでは行きましょう」

俺たちは一列になって教室を出る。

近くの部屋の前に丸椅子が六脚並んでいた。職員の指示通りにすわる。俺は三番目だ。職員が時計をチラリと見てから言った。

「いまから個人面接があります。そのあとグループ討論です。中から声かけがあったら入室してください」

職員は軽く一礼して廊下の奥へ去った。その後ろ姿が見えなくなると、俺たちは吐息まじりに目を合わせた。

古風なセーラー服の女が言った。

「小論文と討論は知ってるけど、面接試験は学部入学案内に書いてなかったよね」

みんな、うなずいた。

薩摩っぽがいちばん困った顔をしていた。

女たちは目をつむり、口をパクパクさせ始めた。事前につくっておいた自己紹介を暗唱しているようだ。実際、大事な試験日に自己PRのプレゼンを用意してないほうがおかしい。俺と薩摩っぽは置いてきぼりになってしまった。

一番手の赤江純子は端然と扉の前に立っている。そういえば彼女の驚いた顔を見たことがない。育ちの良さは、やはりどんな場面でもにじみ出るものらしい。

「どうぞ」

教室の中から受験生を呼ぶ声がした。

「失礼します」

純子が扉越しに声をかけ、背筋をのばして入室した。この面接の大切さを彼女は熟知しているようだ。

待機中の五人は耳をすました。

面接室で何が話されているのかまでは聞きとれない。純子はよどみなく答えているらしく、強めの語尾だけがもれてくる。

面接は五分ほどで終わった。

二番手の受験生と入れちがいに、純子が自分の席にもどってきた。メガネを外し、長く美しいまつげをしばたたく。言葉は交わさなかったが、どうやら上手くやりきったらしい。

昔から俺は、純子がそばにいると萎縮して力を発揮できない。

試験会場でのめぐり逢いは、神のいたずらだとしか思えなかった。教会に背を向けた者への罰は変に手がこんでいた。

確かに神はいるよ。それも皮肉な神様が。

二番手の女が吐きそうな顔で面接室から出てきた。

「次の方」

順番がまわってきた。俺は背を丸めて面接室に入った。

手が汗ばみ、喉が渇く。純子と会ったあたりから心身が硬直して動きがぎこちない。

そこは待合室と同じ規格の部屋だった。けれども、何もかもちがって見える。ムルソーがいる処刑場所にも似た異空間だ。

椅子が一つだけ置いてあり、俺はその横に立って学校名と自分の名前を言った。

「都立牛込高校から参りました。鰐淵四郎です」

面接官は二人で、長机の前に資料と時計が置いてある。両者とも五十歳前後の教授だった。右にいるのは痩身の一重まぶた、左はメキシコ人のように肌が浅黒く、大きなくりくりの目をしている。

色黒のメキシカンが場を仕切った。

「どうぞ、おかけください」

「はい」

「一分ていどの自己紹介をお願いします」

初老の紳士たちに応対すると、下足番の習性で闊達な若者を演じきれる。無意識のうちに背筋もしゃんと伸びた。

俺はもういちど学校名と名前を言ったあと、志望動機と受験にあたっての意気ごみをよどみなく述べた。試験官たちは無表情で聞いていた。くりくり目のメキシカンの視線は痛いくらいに鋭い。

　資料に目を通しながらメキシカンが質問した。

「なぜ、慶應の法学部政治学科に入りたいのかな」

「リーガル・マインドを掲げているからです」

「なるほど」

「一人の人間として、ぼくは自由と民主主義を愛しています。人々が幸福になるには、法理に基づいて国民を守る政府が必要です。大学も同じだと思います。だから、リベラルな言動で知られる慶應法学部の先生方の下で学びたいのです。イギリス憲法の歴史を個人的に学ぶうちに、そう考えるようになりました」

　さりげなく〝マグナカルタ〟へ誘導すると、面接官がのっかってくれた。

「英国憲法なら、マグナカルタのことを言ってるのかな」

「はい。時に才能のない人が、世界を良くすることがあると思います。長く続いた内戦に悩んだジョン王は、苦しまぎれに民主主義をつくってしまった。しかし、ぼくはマグナカルタを発表した失地王をあえて高く評価します。舞台となったラニーミードにいつか行きたいと思ってます」

　痩身の教授が口をはさんだ。

「のどかで良いところだよ。私も英国に留学した時、写真を撮りに行った」

メキシカンはまだ資料を見ている。

「君の高校は普通高校じゃなくて、『その他』の区分に入っているけど、どういう学校なの」

「説明しづらいんですが、ちょっとしたインターナショナル校です。外国籍の生徒やハーフの子が多くて、とても大らかな校風です。多くの個性的な同級生と知り合ったおかげで、さまざまな文化に触れることができました」

「すばらしいことを学べたようだね」

「親友はケニアのハーフでマサイ族の末裔でした。視力は三・〇。肉体的にも精神的にもタフな男です」

「ほう、彼とはどんなことを話した？」

「オーストラリア移住を考えているらしく、白豪主義について語り合ったことがあります」

メキシカンの太い眉毛がピクッと動いた。

「興味深いね」

「一昔前のオーストラリアでは、流入した外国人が安い賃金で働くので、白人たちは危機感を抱いたそうですね。日本も外国人労働者を積極的に雇おうとする一方、それを不快に思う人たちもいる。だから白豪主義をしっかりと知る必要がある」

「もっとくわしく話してくれるかな」

「まず感情論から言いますが、肌の色や国籍で人を差別することは最低です。とくに白人たちがアボリジニの文化を奪ったことは、人道的に見過ごせません」

「同感だね」

「けれども、そのような不幸な過去を背負って、いまの多文化主義のオーストラリアがあります。自分たちの過ちを認め、新たな未来を模索する国だからこそ、親友は移住したいのだと思います」

メキシカンは何かメモをしたあと、問いかけてきた。

「大学に入って『ジェンダー』を研究したいと書いてあるけど」

「うちの高校は、男子より女子のほうがずっと多いんです」

「身近なテーマってことだね」

「生徒会は女子が仕切り、意外に上手く運営できてます。何をやっても男のほうが上ってことはないんです。ですが現実問題として、何千年も前から女性たちは性差別をうけてきた。そして日本は先進国の中で女性の社会進出がいちばん遅れている。少子高齢化という要因もありますが、女性が社会の真ん中に出なければ日本はまわらない。しかし、現政権が推し進める女性活躍推進法はまやかしで、逆に危険だと思います」

瘦身の教授が目配せした。どうやら時間が押しているようだ。

メキシカンが早口で言った。

「じゃあ、最後の質問。あなたがいちばん好きな言葉を教えてください」

俺は無垢《むく》な笑顔を浮かべた。

「ローレンス、メリークリスマス。メリークリスマス、Mr.ローレンス」

「戦場のメリークリスマスか。学生時代に観たことがあるよ」

「大事な場面では、伝えたい事柄と相手の名を二度言う。いつも実践しています」

メキシカンは深くうなずいた。

面接は終わった。

席を離れてドアを開けると、薩摩っぽが緊張した面持ちで突っ立っていた。目が死んでいる。やはり人前で自己紹介をするのは初めてなのかもしれない。俺は心の中で『きばいやんせ』と激励した。


全員の個人面接が終わった。

隣り合った女子たちは早くもおしゃべりに興じている。気落ちした薩摩っぽは言葉少なだった。自己紹介で噛み倒したらしく意気消沈していた。

女同士って、どこでも楽しく会話できるからすごいと思う。あらためてジェンダーを研究するまでもなく、女性のほうが人としてバランスがとれている。赤江純子も話の輪の中に入り、試験とは無関係の洋菓子の話題で盛り上がっていた。

初老の教授たちと面談したことにより、俺は少し落ち着きを取り戻した。グループ討論では純子に同調し、二位狙いでいくしかない。

聡明な純子との討論の中で、反対意見など述べられそうもなかった。愛想笑いの俺なんか、秋葉原でアイドルの追っかけをしているヤカラ同然だった。

「みなさん、どうぞ」

室内から呼ばれ、受験生六人は奥の部屋に入った。グループ討論が行われる部屋には空調設備がなく、真ん中に椅子が円形に並べられていた。俺たちは面接の時と同じ順番で着席する。試験官たちは円の外にいて、壁際と窓際にそれぞれ椅子を置いてすわっていた。

壁際のメキシカンから、討論についての説明があった。グループ討論のルールとして、俺たちは名前を奪われるらしい。もし受験生の中に試験官の知り合いの子弟がいれば、採点に微妙な影を落とすからだろう。

俺たちは時計回りにアルファベットで呼び合うことになった。

一番目の純子はAさん。ひとり置いて俺はCさん。隣の薩摩っぽはDさんだ。

Bさんだけでなく、EさんとFさんも容姿端麗なので、薩摩っぽのニキビはさらに赤く腫れあがって見えた。

　メキシカンが言った。

「まだ時間があるから気持ちを鎮《しず》めてみては」

　こんな状況下でリラックスできるわけがない。きっと同室の受験生らも同じことを思っているはずだ。

　俺は目を閉じ、精神統一した。

　隣の薩摩っぽが、意を決したように言った。

「おいは、いや僕は鹿児島の高校に通ってるのでなまりがあります。わかりにくいやろうが勘弁してください」

　きっちりとなまりの残るエセ標準語だった。鹿児島と聞いて、だれもがラサール高校出身だと思ったようだ。

　四人の女子たちは、『カマされた』と勘ぐっている。ツーブロックのデマに踊らされたあとなので、男子の発言に警戒感を抱いているようだった。

　痩身の教授が沈黙を破った。

「では、始めましょう」

　メキシカンが腕時計から目を離し、ディベートのテーマが記された紙を配った。

「グループ討論のテーマは『被疑者の取り調べ中における録音録画の是非について』で

す。みなさんは自由に議論してください。時間は四十五分間。タイムキーピングは試験官がします。意見がある者は手をあげ、私に差された人だけ発言できます。ひとりずつ手短かに自分の立場を説明してください。まずはAさんから」

Aさんの純子が流麗に語りだす。

ニューヨーク育ちであることを告げ、『アメリカの司法取引の実例』を引用する余裕をみせた。意外にも彼女は録音録画に反対の立場を表明した。

特別授業の締めで、少壮教授が「国家権力が国民のプライバシーを侵すことは絶対にゆるされない」と言い切ったので、それに引きずられたようだ。

Bさんも同じく特別授業に影響を受けたらしい。取り調べ中の録画は被疑者のプライバシーを侵すという論旨を明快に述べた。

Cさんの俺に番がまわってきた。

純子に同調するつもりだったが、Bさんがしっかり話した後なので曖昧な態度になってしまった。

「お二人の話と少しかぶりますが……」

だらしない前置きをしてから、しどろもどろに話した。

純子と一緒だと、いつもこうなってしまう。収拾がつかず、心ならずも純子とは逆の賛成論にたどりついた。

Dさんの薩摩っぽは、もっとひどかった。

なぜか俺の意見を受け入れ、「Cさんの言うように録画は必要だと思います。でも被疑者のプライバシーを守るため、顔にモザイクをかけたらいい」と手柄顔で述べた。

何言ってんだよ。モザイクなんて報道特番の闇金業者かアダルトビデオだろ。

男二人の先行きを俺は危ぶんだ。

その後のEさんとFさんが、プライバシーこそ民主主義の根幹であると主張した。少壮教授の締めの言葉が正答だと思いこんでいる風だった。

結局、男二人はしくじり、女四人は言葉に詰まることなく流暢《りゅうちょう》に話した。

メキシカンが言った。

「賛成二人、反対四人ということですね。それでは討論を進めましょう。意見がある人は?」

グループ討論の幕が切って落とされた。

だが、俺の頭はサビついたままだ。『被疑者』の意味さえよくわからなかった。容疑者との差異がつかなかった。

俺は昔から辞書など引いたことがない。あらゆるジャンルの小説を速読し、言葉の意味を感覚だけでとらえてきた。そのツケがまわってきたらしい。

真っ先にAさんが手をあげた。

メキシカンが、Aさんこと純子を差した。

「どうぞ、Aさん」

「どんな判断にも誤謬《ごびゅう》があります。ですから最初に取り調べの録画におけるメリット・デメリットについて議論すべきです」

司会者的立場に立って、議論の手綱を握ろうとしているようだった。

純子はわざと難しい誤謬という言葉を使った。しかし、この場に集った秀才たちは、それが単なる『あやまち』だという事を知っている。

早くも主導権争いが始まった。

教授らが手元の紙に何か書きこんだ。おそらく、発言に得点をつけているのだと思う。加点方式らしいので、たくさん発言した者が有利なのがわかった。

活発な議論が始まった。手をあげた者から平等に当てられ、メリット・デメリットが明確に語られた。

俺と薩摩っぽは手さえあげられなかった。

女四人の意見が充分にプールされると、Bさんが言った。

「いままでの発言をもとにして、捜査機関の取り調べに偏向があるかどうか、再考するべきではないでしょうか」

女性たちは同じような塾に通っているのか、第三者的司会者になりたがる。「議論が本題から外れがちなので、いったん最初のフラットな立場に戻りましょう」みたいな発言をくりかえし、リベラルを気取るのだ。彼女らはディベートで勝ち抜くため、慶應法学部専門の進学塾に大金を支払っているらしい。

男二人はアマチュアで、女は全員がＦＩＴ試験のプロという感じだった。いまのところ、議論の質は純子が頭一つ抜けている。彼女は具体例として、アメリカの司法制を論理的に語っていた。

その間、討論に何回も出てくる『被疑者』の意味を俺なりにまとめあげた。そして、被疑者が『まだ起訴されていない疑わしい存在の重要人物』だと理解した。

やっと手をあげると、メキシカンが俺を差してくれた。

「Ｃさん、どうぞ」

「やはり取り調べでの録音録画は必要だと思います。取調室で優位に立つのは警察や検察です。強制や誘導尋問で取り調べが行われる可能性がある以上、弱い立場の被疑者はしっかりと守られなければいけない。その方策の一つとして、取り調べの様子をビデオ撮影することは被疑者の有利に働きます。そして消去の恐れがないように法的効力を持たせるべきだと思います」

するとと優雅な物腰のＥさんが手をあげた。

「Ｃさんに賛同いたします。『疑わしきは被告人の有利』が裁判の鉄則ですから。取調室の録画が検察側の専横ぶりを明らかにするという面もあるでしょう。逆に、もしそこで被疑者がウソをついたとしても、録画されていれば、より真実に近くなる」

はい、一抜けた。

俺は瞬時にそう思った。

いったん表明した立場を捨てることは、ディベートでは失格を意味する。この時点で早くもEさんは脱落したようだ。

論旨を変更したEさんを見て、純子がすばやく挙手した。

メキシカンは迷わず純子を指名した。

「じゃあ、Aさん」

「CさんとEさんの意見ですが、被疑者と被告人を同一視しているので破綻しています。なぜなら刑事事件で起訴された被告人は、すでに警察での取り調べが終わっているのですから。お二人の話されたことは被疑者の立場に偏りすぎてますし、とくにCさんの提言は録画義務の有り無しの議論とは大きくかけ離れてますよ」

え？

俺はうろたえた。

雄弁な純子は、Eさんと一緒に俺まで葬《ほうむ》り去ろうとしていた。

彼女に同調せず、ちがう意見を述べたので立腹したのだろうか。簡単に切り捨てられた俺は未練がましく純子を見やった。

確かに俺の『録音録画の擁護論』は穴だらけだが、名指しで批判されるとは思ってもいなかった。

どう見ても純子が議論の主導権を握っている。

無学な俺を蹴落とさなくとも一位通過のはずだ。だが、メタルフレームのメガネの奥の瞳がやたら冷たい。思い返せば、彼女が本心を見せたことなど一度もなかった。野暮ったい俺の恋情を、曖昧な笑みでいなしてきた。

結局、接点など何もなかった。

最初から住む階層がちがいすぎる。俺は純子を憧憬していたのではなく、自分自身を卑下していたのだ。

俺は覚醒した。

立花由紀の手術が、この時間帯に行われていることを心にしっかりと刻みこんだ。健《けな》気《げ》な由紀は、果敢に病魔に立ち向かっているはずだ。

もう容赦しないと決めた。由紀が望むように、高嶺の花をへし折って一人だけ勝ち残ってみせる。

手をあげると、くりくり目のメキシカンが待ち望んでいたかのように差してくれた。

「Cさん、どうぞ」

「ニューヨーク育ちのAさんの話こそ偏りすぎてますね。何度もアメリカの法律を持ち出してこられますが、本日の議題は日本における取り調べ中の録音録画の是非です。もちろん、場所は日本と記されてないと言えばそれまでですが、司法取引が常習化されたアメリカをお手本にする必要などあるのでしょうか。世界の警察を標榜《ひょうぼう》するアメリカが、何も取調室まで踏みこんでくる必要はないでしょう。可視化は世界の潮流だってことをお忘れなく。現に最近の凶悪事件は防犯ビデオによって解決されることが多い。それは取調室でも同じです。弱い立場の人々の冤罪を防ぐためにも録音録画は必要なんですよ」

口達者な俺は身ぶり手ぶりを交え、表情ゆたかに話した。

あっけにとられ、純子が口を半びらきにしている。俺が朗々としゃべるのを初めて目の当たりにしたのだ。

逆に名指しで批判されたのに、彼女は反論のタイミングを逸してしまった。

メキシカンに差されたのは隣のBさんだった。

「Cさんがおっしゃったように、ビデオが法的効力を持つことで、検察や警察による都合の良い取り調べを防ぐことができますよね。その結果、冤罪が生まれる可能性も低くなる」

Bさんも、つられるように俺の側に付いた。

試験官の態度を見て、俺が一位通過者だと認識したらしい。純子以外の女子たちは二位狙いに転向した。それ以後の討論には、必ず「Cさんがおっしゃったように」が付属するようになった。

討論の最初から、試験官のメキシカンは俺に好意的だった。面接の際に、ビートたけしの口まねをしたことで愉快な若者だと感じたようだ。

俺とメキシカンは、ぴったりとＦＩＴしたのだ。

視線が合ったので手をあげた。

「どうぞ、Cさん」

「たとえ可視化されても、片方に都合のよいように編集される危険性がありますよね。だから監視の監視が必要だ。ビデオを撮っている人に監視役をつけるのです。そうすれば証拠物件として録画が持つ重要性が高まる」

監視の監視なんて、われながら馬鹿馬鹿しいアイデアだった。

言っている本人がよくわかっていなかった。

でも、この世には言霊ってものがある。いったん口にすれば、ちゃんとどこかで帳尻が合うはずだ。

Ｆさんが手をあげた。

「賛成です」

俺はほっとした。顔も頭も良い女性だし、くだらない俺の着想を勝手にフォローしてくれるだろう。

「Cさんがおっしゃった監視の監視は妙案だと思います。そこで私からの提案ですが、その監視を第三者にやらせてみたらどうでしょうか。民間の会社などに委託しては？」

俺よりもアホらしい意見だった。

仕切りたがり屋の純子が、ここぞとばかり手をあげた。

だが、メキシカンは俺を指名した。

「はい、Cさん」

「監視の監視は誰がすべきかということですが、ぼくも事件と関わりのない第三者でなければいけないと思っています。もちろん身内の警察にそのような役はまかせられない。また大事な役目を民間会社に任せるというのはかなり乱暴な意見だ。だってどの会社も営利目的なんだし、裏で大金を渡せばどちらにでもつくでしょう。金で動かない中立な第三者はちゃんとほかにいる」

誰も挙手しなかったので俺は話を続けた。

おかげで加点される一方だった。

「第三者とはもちろん市民です。第三者にふさわしいのは十八歳以上の有権者なんです。つまり、ここにいるぼくたちだ。リーガル・マインドを身につけた慶應法学部の学生がいちばんふさわしい」

中身の薄い楽屋落ちの弁論だった。

それでもメキシカンは好意的に笑っていた。

完全に俺のペースになった。あとはほっといても純子以外の女性たちが俺を持ち上げてくれるだろう。

ここになって、ひょいと薩摩っぽが手をあげた。

「Dさん、どうぞ」

「おいはCさんに全面的に賛成です」

「それは先ほど聞きましたよ。なぜ賛成なのかを話してください」

「可視化されたら恥ずかしい場面も撮られてしまうじゃろ。やはり顔にはモザイクをかけたほうが……」

薩摩っぽは、どうしてもモザイクをかけたいらしい。

口べたな彼が、グループ討論で発言したのは二回だけだった。しかも二度とも同じことを言った。

知識は発言力に比例しない。軽薄な俺はたった一つの知識で百は語れるが、重厚な薩摩っぽは百の知識を一つも生かせなかった。

南九州の好漢は討論がよほど苦手らしい。高偏差値のラサール高校クイズ部なら、一般入試で面接のない東京大学をめざすべきだと思う。

「こまりましたね。ではEさん」

メキシカンが苦笑しながら、優雅な女子を差した。

「モザイクをかけるのも面白い考えだと思います」

Eさんは、よほど良い家庭に育ったらしい。彼女は他人の言うことをすなおに受け入れるタイプだった。

薩摩っぽにも賛同者がいることが嬉しかった。もし二人だけ合格できるのなら、純子ではなく俺は彼を選ぶだろう。

その時、満を持して純子が手をあげた。

「Aさん、どうぞ」

「いま議論の方向性が可視化に集中しています。Cさんの言う防犯ビデオの有効性と取調室の録画はまったく趣旨がちがいますよね。監視の監視なんて絵空事で現実味がありません。民主主義国家として最も大切なプライバシーについて、もう一度議論しなおしてみてはいかがでしょうか」

例の必殺技をくりだしたが、盤上はひっくり返らなかった。

塾で習った秘技を使う女子が多すぎたのだ。同じグループ内に四人もいては誰も耳をかたむけない。

残り時間は七、八分。

試験官の加点を欲しがり、グループ討論で爪痕を残そうとみんなが手をあげた。

しかし、差されたのは俺だった。

俺は、この『盤上倍返し』の好機をずっと待っていた。

「Aさん。たしかに民主主義の国でプライバシーは大切だよ。自由をみんなが愛している。あなたの暮らしていたアメリカでは、それが正しいかもしれない。しかし、被疑者のプライバシーとはいったい何なのかな。罪のない人が疑われ、警察署に無理やり連行され、狭い取調室に入れられて国家権力に脅される」

純子は自分が葬られると気づいたらしい。俺の話をさえぎろうとして必死に手をあげている。しかし、発言権は俺の手中にある。

もう誰も止められない。

そう、たとえ初恋の相手でもね。

「もともと被疑者にプライバシーなんてあるんだろうか。取調室で被疑者が取り乱し、恥ずかしいプライバシーが明らかになってもかまわないとぼくは思ってる。人は一瞬の痛みを避けるため、人生までも棒にふるよね。すぐ近くの国では、公安に捕まった時点で個人のプライバシーや人権も無くなってしまう。差別的できびしすぎる訊問は、どこの国でもただの拷問にすぎない。庶民の対抗手段は可視化しかない。被疑者が欲しいのはプライバシーじゃなくて、無実という名の自由なんだよ」

「待ってよ、ジェロニモ！　そういう意味で言ったわけじゃ……」

しびれを切らした純子が叫んだ。

瘦身の教授が椅子から立ち上がり、純子を注意した。

「Aさん、カットインはいけません。減点します」

「そんな……」

「忘れないでください。いいですか、彼はCさんです。彼はCさんですよ、大切な事なので二回言いました」

瘦せた一重まぶたの教授が俺に最高の笑顔をむけてきた。

俺は合格を確信した。

そこからは「Cさんに賛成です」のラッシュだった。俺は手をあげず、うなずくことに終始していた。

グループ討論は時間通りに終了した。

メキシカンが作り笑顔で「お疲れさまでした」と締めたあと、第二次選考の合格発表日と電話応答システムについて説明してくれた。すっかり諦観した薩摩っぽは、メモすらとろうとはしなかった。

俺たちのグループは教室から退場した。

若い職員に先導され、一緒にエレベーターに乗る。六人の若い男女に会話なんてなかった。みんな青ざめている。俺だけが平静だった。

どんな争闘でも勝ち残るのは一人なのだ。

エレベーター内で身をすくめている女子はみんな可愛い。ちがう場所で会いたかったと本気で思った。

三田校舎の正門で、薩摩っぽと再会することを誓い合った。かたい握手をする。二度と逢えないことはお互いに知っていた。

俺は虚ろな気分でゆっくりと正門を出る。

舗道から眺めると、秋の西陽が目にしみた。

「ジェロニモ。よかったら一緒に帰ろうよ」

走り寄った赤江純子が上気した顔で言った。

初めて対等な目で俺を見ている。その時、やっと気づいたんだ。純子は、俺の本名すら知らないってことを。

軽い衝撃を受けた。

やはり愚か者は驚いてばかりいるんだよな。

俺は言った。

「Aさん。オレはジェロニモじゃない、鰐淵四郎だよ」

それは、ほろ苦い青春への訣別宣言だった。

背をむけ、桜田通りを歩いていく。

今日はいくつもの僥倖《ぎょうこう》にめぐまれ、試験で全力を出し切った。だが徒労感だけが残っている。いったい何を得て、何を失ったのかわからなかった。

また地下鉄に乗って帰るのが億劫《おっくう》だった。『三田までチャリで来ればよかったな』と思った。

秋の文化祭は、生徒会を牛耳《ぎゅうじ》る女たちが主導した。

男子生徒の出る幕などなかった。一学期の体育祭を完全警備した俺も裏方にまわり、別室で焼きそば用のキャベツを切っていた。

のろまな渡辺正樹は何をやっても役立たずだった。料理補助として、俺の横でぼんやりと外の廊下を見やっている。

「おい、渡辺。少しは手伝えよ」

「包丁は苦手なんだ。ギタリストは指先を切ったら終わりだし。そんなことより、ぼくとバンド組まない？」

「うるせぇ。ちょっと電話確認したいから、この部屋にいてくれ」

「いいよ。空気の役ならできる」

「てめぇなんか空気中に漂うチリさ」

級友を軽くいじって調理場を出た。

牛込高校の文化祭は人気がある。フィリピン系の小柄で可愛い女生徒が多いので、他県からも男子高校生らが続々と詰めかけてくる。

今回の警備は生徒会の陽気な女どもが受け持ったので、軟派大歓迎の大らかな雰囲気になっていた。

ダンス部の吉田奈々は気合い充分だ。パートナーの渡辺の目をかすめ、他校の男子生徒たちに手取り足取りサルサを教えている。身体が触れあい、腰を柔軟に使ったラテンダンスは人気の的だった。

他の女生徒たちも、文化祭では生き生きとしている。

やはり女が中心にいなければ、世の中はスムーズにまわらないのだ。一学期の体育祭で牛高女子を懸命に守ろうとしたが、まったくよけいなお世話だったらしい。

風紀担当の佐竹はすっかりふてくされ、男子便所脇で水筒内のイモ焼酎をガブ飲みしていた。俺と目があったが、力なく苦笑するばかりだ。

大勢の来場者を避け、俺は屋上へ至る内階段を駆け上がった。

本日の朝十時、慶應大学法学部の合否発表が出る。文化祭とかぶったが、かえって俺には好都合だった。結果はどうあれ、先生たちに騒がれずに済む。

屋上の給水塔の下に人影はなかった。

そこは王明陽の指定席だったが、ヤツは二学期から全休だ。母親の鈴麗の話だと、秋入学でアメリカの大学へ編入したらしい。俺は心にぽっかりと風穴があいた気分だった。

さらば、悲しき異形のモンスター。

おまえのいない牛高なんて、何の面白みもないよ。

だが担任の友子先生の様子からして、そんなに簡単な話じゃないようだ。まず日米共に、高校の卒業資格なしに大学には入れない。しかも王の英語の評点は、牛高に入って以来、一歩も「1」から動かなかった。

ヤツの悪行はとめどがない。もしかすると王は、犯罪に手を染めて遁走《とんそう》中だという裏事情も考えられる。

「ツァオニマーッ！」

青春ドラマのように、俺は秋空にむかって叫んだ。

王の憎まれ口がひたすら懐かしい。

それればかりではない。俺は同時に三人のボディガードを失っていた。

守護天使たちに見放された土下座番長は無力だった。最近は人通りの少ない裏道を背を丸めて下校していた。運悪く他校の不良たちに遭遇したときは、本当に土下座して赦《ゆる》しを乞うしかなかった。

ソロモンは渡航費を稼ぐため、地下鉄工事の現場で夜通し働いている。一度だけ学校に姿を見せたが、教室で二時間ほど眠って昼前に早退してしまった。

立花由紀は港区の病院で静養していた。手術はうまく運んだようだが、登校するにはまだ時間が必要らしい。

気がつけば、俺は昔の冴えない二塁ベースに成り下がっていた。

「……ひとりぼっちになっちゃった」

声に出してみても、誰も近寄ってこない。

ケータイの時間を見ると、九時五十七分。あと三分ほどで運命が分かれる。慶應法学部に合格すれば、いつかは坂上の豪邸街に住むことができるかもしれない。落ちれば、今までどおり親子で社員寮住まいを続けることになる。

十時きっかりに、慶應の電話応答システムに連絡をとった。

間をおかず、ケータイの液晶画面に、『受験番号・0018。慶應義塾大学法学部政治学科・鰐淵四郎・合格』の文字が浮かび上がった。

予想通りの結果だった。

不遜《ふそん》なようだが、何の感情もわいてはこなかった。両親にはいっさい大学受験のことを話していないので、合格を知らせる必要はない。

合格を最初に伝えたい相手はほかにいる。

立花由紀へ電話をかけた。しかし、彼女のケータイには電源が入っていなかった。短いメールを送り、返事を待つことにした。病状は快方に向かっているようだが、やはり一抹の不安が残る。

階段を下りていくと、二階で三宅友子先生が待っていた。

几帳面《きちょうめん》な彼女は、合否発表の日時を知っていたようだ。

「合格しました」

そう言って、液晶画面を見せた。

担任の女教師は感極まり、その場で泣き出した。嗚咽《おえつ》しながら切れぎれに祝福の言葉をかけてくれた。

「鰐淵くん、おめでとう。……本当におめでとう」

「ありがとうございます」

「他の先生方が何と言おうと、私はあなたの底力を信じてた」

「担任の三宅先生のおかげです」

「心にもないことを平気で言うあなたが大好きよ。これからもズルい大人たちをたぶらかしなさい」

「オレはすれっからしですから」

「いいえ。鰐淵くんは他の受験生のように塾や予備校に行かず、学校にも頼らずにすべて一人でやりきった。そんな愚直な生徒は一度も見たことがない。難関大学に合格したことより、そのことがすごいと思う」

「金がなかったので、そうなっただけですよ」

「でも、何かしでかしそうであなたが怖くなってきた。少しも喜んでないし……」

友子先生が泣き笑いの表情をみせた。

俺はありのままにこたえた。

「友だちを三人いっぺんになくしちまったので」

それが本音だった。

喜びを分かち合える相手は、どこにもいなかった。


男女の恋愛は公平だとはかぎらないが、少しばかりひねりはあるようだ。誰と誰が結ばれるかなんて、それこそ誰にもわからないからね。

留年生の渡辺正樹はからくも牛込高校を卒業した。三年ほどバンド活動をしたあと、親のコネで東村山の農協職員に採用された。

吉田奈々は練馬商業の谷徹矢と同棲し、すぐに別れて十九歳でシングルマザーになった。そして二十一歳の時に子連れ結婚した。亭主におさまったのは、高校時代に『純潔の誓い』を結んだ渡辺正樹だった。

赤江純子は慶應法学部のＦＩＴ試験に落ち、その半年後に一般入試で東大法学部に合格した。やはり彼女は勝ち組なのだ。めったなことで社会格差は埋められない。この先、人生のどこかで純子とふれあうことはないだろう。

ポン友の小坂涼は内部進学で慶應大学商学部に上がった。下降志向に歯止めがかかり、浅草探訪はわずか半年で打ち切りとなった。その後は何食わぬ顔で六本木のクラブに舞いもどった。

王明陽は自宅の金庫を破り、三千万円の現金をバッグに詰めてアメリカへ逃亡した。美しすぎる母親へのドでかい仕返しは果たされた。以後、王は消息不明となった。べつに心配はしていない。あざやかな悪漢は、そう簡単にくたばらないよ。

先日、よく似た男をテレビの海外金融特集で発見した。ウォール街を颯爽《さっそう》と歩く高級スーツの東洋人に見覚えがあった。女性レポーターを追い抜きざま、アーモンド型の目をした痩身の美男子が、口汚く「ツァオニマッ」と吐き捨てたのだ。かつて王自身が言ったように、見た目はちがっても腐りきった中身は同じだった。

ソロモンは、オーストラリア永住の足がかりとして南海の小島へ渡った。いまは移住資金を貯めるため、フィジー島で坑夫として働いている。地元民も嫌がる重労働だが、パワーのある彼なら難なくこなしていくはずだ。

俺のもとにソロモンからの便りが届いたのは一度っきりだ。青い珊瑚礁《さんごしょう》がプリントされた絵はがきの片隅に、柄《がら》にもない可愛い丸文字で、『くだらねぇ世の中でシローと由紀に出逢えてよかった。王は論外』とだけ記されてあった。

俺はといえば、相変わらず『料亭天草』で働いている。慶應大学へはいかず、最終学歴は高卒だ。べつに深い理由なんてないよ。ただ長距離走のゴール直前で立ち止まり、自分の居場所を再確認しただけだ。料亭の下足番は多額のチップも入るし、読書三昧《ざんまい》の日々を満喫している。

そして、最後に悲しいお知らせ。

立花由紀は、卒業を待たず悪性ガンで亡くなった。何よりもつらいのは、お互いの恋心をはっきりと明かせなかったことだ。

いまとなればわかる。

本当の初恋の相手は、まぎれもなく幼なじみの由紀だった。

……ちょっと待ってくれ。

こんな風に締めくくったけど、やはり納得できないよな。たとえ俺の語った話がすべて実体験だとしても、幕切れがヒロインの死だなんて安易すぎる。

だからこうしよう。

立花由紀は難病を克服して東京芸大に入り、卒業後はパリへ渡って画廊の女主人となった。いまも健在で、遠くから俺を見守ってくれている。

そう、これが俺の思い描く『イマジン』だ。

どんな想像も自由なんだよ。

両腕をひと掻きする間に強烈なキックを二発。バタフライ泳者の彼女は、今日も白い水しぶきをあげながら華麗なドルフィンキックを打ちつづけている。

その波動はバタフライ・エフェクトとなり、きっと南半球の小島で働く坑夫のもとへも心地好い涼風を送りとどけるだろう。

解説

大森 望

本書『バタフライ』は、著者にとって四冊目の長編となる文庫書き下ろし作品。笑いあり涙ありロマンスありの、たいへんキュートな、直球ど真ん中、純度一〇〇パーセントの青春小説である。

……などと書くと、そもそも何が青春小説で、いつが青春なのか？ という話になるわけですが、当年とって二十五歳の著者が（若干の自伝的要素を交えつつ）十八歳の主人公を描いている以上、これが青春小説であることはまちがいない。ＪＲの「青春18きっぷ」だって、利用に年齢制限はないのに、わざわざ〝青春18〟と謳《うた》っているくらいだから、十八歳は青春ど真ん中なのである。

ちなみに、フランスのポール・ニザンが二十六歳のときに発表した『アデン、アラビア』（一九三一年）は、以下のような文章で始まる。

〈僕は二十歳だった。それが人生でもっとも美しいときだなんて誰にも言わせない〉

一説によれば、これはフランス文学史上、二番めに有名な書き出しらしい（一番は、本書のたいへん重要な場面で登場するアルベール・カミュ『異邦人』の、「きょう、ママンが死んだ」というやつです）。

そのあと、『アデン、アラビア』は、〈何もかもが若者を破滅させようとしている。恋、思想、家族を失うこと、大人たちのなかに入ること。この世界のなかで自分の場所を知るのはキツイものだ〉と続く（小野正嗣《おのまさつぐ》訳）。かくして二十歳の主人公は、老いて堕落したヨーロッパを捨て、アラビア半島の南端、灼熱《しゃくねつ》の地アデンへと旅立つわけですが、その九十年後に書かれた本書『バタフライ』のほうは、同じ独白スタイルでも、いたって気楽に始まる。

語り手の〝俺〟こと鰐淵四郎《わにぶちしろう》（シロー）は、東京・池袋近くにある都立高校の三年生。小説の冒頭、語り手は、自分で出した「あなたの人生のラッキーナンバーはなんですか？」という問いに、〈俺なら迷わず「18」と答える〉と自答する。なぜなら、自分が十八歳だから。

のっけから自分の年齢について語るのは同じでも、ポール・ニザンとはずいぶん趣が違う。しかも、18の理由について、〈野球のエースナンバーだし、AMラジオの周波数はどの局も足すと一八になる。そして何よりも俺の実年齢だ〉と書いてある。ふうん、そうなのか……と思って考えてみると、たしかにNHK第一は594KHzで足すと18（5＋9＋4）、TBSラジオは954で足すと18（9＋5＋4）だけど、ニッポン放送は１２４２で、足しても９にしかならない。ラジオ日本は１４２２でこれまた合計９。日本のＡＭラジオの周波数はすべて９の倍数なので、「各桁の数字を足し合わせると最後は９になる」が正解。理屈を言いたがるわりにどこか抜けている、この微妙なポンコツ感が本書の語り口の特徴かもしれない。

なにしろ、通っている東京都立牛込《うしごめ》高校は、都立の中堅校と言いつつ、偏差値は44。これが〝忌々《いまいま》しい数字〟として、くりかえし言及される。この牛高、もともと女子商業高校だったのが、六年前に男女共学に切り替わったため、男女比は現在も二対八だという。〝俺〟いわく、〈進学率は八〇％近いが、その大半は推薦枠で三流大学におさまり、卒業後は非正規社員として永い時をやりすごす〉。

ちょっと調べてみると、豊島区にはかつて都立牛込商業高校があり、二〇〇四年に東京都立池袋商業高校と合併して、新しい高校になっている。〈南風のように生ぬるい校風〉で〈女生徒らのスカート丈の短さだけが都立高校の最上位〉かどうかはともかく、男女比はおおむね２：８、文部科学省の「英語教育改善のための調査研究」事業指定校で、制服は青のブレザーというから、著者の母校でもあるこの都立高が、フィクションではあるものの、本書に出てくる都立牛込高校のモデルというか、すくなくともある程度まで下敷きにされていると思っていいだろう。

都立高校の三年生が一人称で日常を語る青春小説と言えば、いちばん有名なのは、芥川賞受賞作にしてミリオンセラーの庄司薫《しょうじかおる》『赤頭巾ちゃん気をつけて』。学園紛争のあおりで東大入試が中止になった一九六九年に発表され、作中の現在も一九六九年二月。小説の主人公は、庄司薫自身の出身校でもある都立日比谷高校に通っている。当時の日比谷高校といえば東大合格者数トップの名門で、前年度は一三一人は合格していたため、〈……ぼくたちは、まるで赤い羽根の募金箱か救世軍の社会鍋みたいにまわり中から同情を注ぎこまれたうえ、これからどうするの？　京都へ行くの？　といった一身上の問題に始まり、ゲバ学生をどう思うかとか、サンパとミンセーのどっちが好きかといったアンケートまでとられて、それこそ、あーあ、やんなちゃったということになるわけだ〉

という状況に置かれている。学生運動華やかなりし当時の世相が色濃く反映しているが、冴えない主人公の語りとか、友人や母親との関係は、本書と共通する部分が少なくない。本書『バタフライ』は、二〇一八年版の『赤頭巾ちゃん気をつけて』である――と言いたくなるくらいで、いつの時代も、十八歳男子の青春はそう変わらないということか。

もっとも、現代の青春小説らしく、『バタフライ』にはキャラクター小説の色合いも濃い。その筆頭が、ひ弱なシローの学園生活を支える二人のボディガード。ひとりは、ケニア出身のサックス奏者を父親にもち、百九十センチを越える巨体と、ワンブロック先の路上に落ちている百円硬貨も見逃さない視力を誇る無敵のソロモン（武藤・M・ソロモン）。もうひとりは、〝全身が脂肪と悪知恵のかたまり〟という史上最低最悪の級友、王明陽《おうみんよう》。母親の王鈴麗《りんれい》は香港マフィアの跡継ぎ娘で絶世の美女。風林会館近くでキャバクラ店を経営し、土日は一人息子の王明陽がアルバイトで用心棒をつとめているというからすさまじい。

この二人に定期テストで答案をカンニングさせてやるかわりに守ってもらっているおかげで、どこの不良もシローには手を出せない……はずが、ある女子生徒をめぐって工業高校の生徒から決闘を申し込まれる羽目になる。第一章「アルカイック・スマイル」の山場になるこの決闘場面がめちゃくちゃおかしい。

ヤンキー漫画風のこういうエピソードだけでなく、『バタフライ』には、青春小説に欠かせないロマンスの要素もある。初恋の人との再会場面をちょっと引用してみよう。

何の予兆もなく、古風なセーラー服が前方に浮かび上がる。
学習院女子高等科の制服にちがいなかった。
長い黒髪と紺色のスカーフがふわりと風に揺れている。膝下一〇センチのスカートからのぞく白い足首がやたらまぶしかった。膝上二〇センチのミニスカートを常用する牛高女子より何層倍も刺激的だった。

思わず自転車のブレーキをかけた〝俺〟は、「シロー、どうした」とソロモンに訊かれて一言、「初恋がいた」。この純情ぶりが絶妙だ。マドンナの名は赤江純子《あかえじゅんこ》。学習院女子高校に通うお嬢さまで、シローにとっては〝高嶺の花〟だが、恋は青春の原動力。やがてシローは、彼女とキャンパスライフを過ごす夢のために突っ走ることになる。

さらにもうひとつ、『バタフライ』には読書小説の側面もある。幼馴染みの立花由紀《たちばなゆき》から、「昔は男友だちもいなくてひとりぼっち。あだ名は『本の虫』」と言われる孤独な中学時代を過ごしたこともあってか、シローはほとんど勉強しないかわり、やたら本を読みまくる。〈ニーチェ、ゾラ、ダシール・ハメット、林芙美子《はやしふみこ》、古井由吉《ふるいよしきち》……。／なんでもござれの乱読だった。／俺の入学後、哲学書と小説の棚は一気に充実した。おかげで牛高は阿佐田哲也《あさだてつや》の『麻雀放浪記』が全巻置いてある唯一の都立高校になった〉

いまは母親が勧める赤坂の料亭で下足番のアルバイトをしているが、そこでもヒマな時間は読書三昧。ジャック・ケルアックの『路上』（別題『オン・ザ・ロード』）については、

〈若者があてもなくアメリカ大陸をさまよう話なので、どこから読みはじめてもかまわない。逆にいうと、どこで読み終えてもいいのだ。時間つぶしにはもってこいの一冊だろう。／俺は作中に出てくる風来坊のディーン・モリアーティが大好きだ。路上のどこかで彼のような破天荒な青年に出逢いたかった。それは無い物ねだりだとわかっている。気ままな放浪生活とは無縁だし、下足番にとってガレージから見える一〇メートルほどの路上が世界のすべてだった〉とコメントする。

前述のカミュ『異邦人』をはじめ、ほかにも小栗虫太郎《おぐりむしたろう》の『黒死館殺人事件』、中井英夫《なかいひでお》の『虚無への供物』、フレデリック・フォーサイス『ジャッカルの日』、アガサ・クリスティー『オリエント急行殺人事件』……と、本書にはジャンルを問わず、さまざまな小説が登場し、それが大きな魅力のひとつになっている。

校内で起きた連続盗難事件をめぐる学園ミステリー風の第五章を経て、いよいよ最後の章に入ると、『バタフライ』は、いきなり受験小説に早変わりする。目標は、慶應義塾大学法学部のＦＩＴ入試合格。同大学のウェブサイトによれば、これは、学生と法学部教員との〝良好な相性（fit）〟を実現すべく二〇〇六年度にスタートした制度だそうですが、ＦＩＴ入試についてこんなにくわしくリアルに書かれた小説は本書が初めてだろう。

友情とケンカと恋とアルバイトと読書と謎と受験――日本の高校三年生の日常を構成する主な部品を集め、ユーモラスかつのびやかなタッチで綴《つづ》るさわやかな青春小説。この『バタフライ』が『路上』や『赤頭巾ちゃん気をつけて』のように長く読み継がれる本になることに期待したい。

さて、著者の作品が集英社文庫から刊行されるのは本書が初めてなので、プロフィールと作品歴を簡単に紹介しておこう。

阿野冠（あの・かん）は、一九九三年六月二日、東京生まれ。〝谷根千《やねせん》〟と通称される谷中《やなか》・根津《ねづ》・千駄木《せんだぎ》（文京区東端から台東区西端一帯）界隈で野球少年として育つ一方、小学校一年生のときNHK東京放送児童劇団に入り、NHK教育テレビなどに出演。

小学四年生から小説家をめざし、六年生のときに書いた小説を、小学館が主催する公募新人賞「12歳の文学賞」の第一回に応募。「締め切り時に満12歳以下の小学生」という規定を満たしていなかったため失格となるが、中学生になって新たに書いた作品が編集者に認められ、月刊誌〈小学四年生〉二〇〇八年四月号から一年間、「ちょっと大夢（タイム）」を連載。十四歳にして、原稿料を稼ぐ〝プロ作家〟としてデビューを飾る（加藤冠名義）。ちなみに、著者は二〇〇六年五月にジャニーズ事務所に入所しているので、この時期は、中学生でありながら、ジャニーズJr.と作家の二足のわらじを履いていたことになる（タレントとしては、フジテレビの情報バラエティ番組「百識」などに出演）。

高校受験のため、二〇〇八年にジャニーズ事務所を退所、高校入学後に作家活動を再開。二〇〇九年七月には、ナショナル出版から、書き下ろし長編『ジョニー・ゲップを探して』を刊行（二〇一七年十二月、文芸社文庫から再刊）。主人公は中学三年生の月影禅。浅草を中心に活動する天才ピン芸人ジョニー・ゲップに弟子入りするが、入門十日目に師匠が急死。二百万円の借金まで押しつけられてさあ大変……というところから始まるお笑い芸人小説。著者自身、中学生のときからお笑い芸人を目指し、「Ｒ－１ぐらんぷり２００６」で準々決勝まで勝ち進んだ経歴の持ち主で、この小説にはその経験が存分に生かされている。

二〇一一年には、阿野冠名義での第一作となる『花丸リンネの推理』を角川書店から刊行している（二〇一六年七月、『谷根千少女探偵団　乙女稲荷と怪人青髭』と改題し、ＰＨＰ文芸文庫から再刊）。これは、谷根千中学の二年生、桜つぼみを語り手に、名門女子校に通う花丸リンネが探偵役をつとめる書き下ろしライトミステリー長編。

それにつづくミステリー第二作が、慶應義塾大学法学部卒業後、二〇一八年九月に出たばかりの『荒川乱歩の初恋』（光文社キャラ文庫）。主人公の荒川乱歩は高校生。肩を壊して野球推薦の名門校に落ち、新設された谷根千高校の探偵科に入学する。この谷根千高校は看護科がメインのため、生徒の九割は女子という設定。ちなみに初長編「ちょっと大夢」の主人公も野球推薦の名門校に落ち、滑り止めの高校に入学してみたら、全校生徒三百人のうち、男子生徒は四人しかいなかった——というところから始まるので、〝女子ばかりの学校〟を出すのが著者の特徴かもしれない（作品ごとに、だんだん男子率が上がってますが）。

これ以外にも、文藝春秋が主催する公募新人賞の名門・松本清張賞に応募して、三年連続で最終候補に残っているから、作家としての実力は折り紙つき。

ミステリーのスタイルを守っていた前二作に対し、本書『バタフライ』は、ジャンル小説の要素を抜いて、ストーリーも気にせず、〝青春〟だけで勝負した作品。そのため、生きのいい一人称と個性的なキャラクターで読ませる阿野冠の魅力が全開になっている。本書ではじめて著者を知った人も、冒頭でとんでもない使い方をされるジョン・レノンの『イマジン』から、阿野冠ワールドにどっぷりハマってほしい。

（おおもり・のぞみ　書評家）

本書はフィクションであり、実在の個人・団体等とは無関係です。

本書は、集英社文庫のために書き下ろされた作品です。
編集協力　遊子堂

集英社文庫　目録（日本文学）

集英社文庫　目録（日本文学）

集英社文庫

バタフライ

2018年12月25日　第１刷　　定価はカバーに表示してあります。

著　者　阿野《あの》　冠《かん》

発行者　徳永　真

発行所　株式会社　集英社

東京都千代田区一ツ橋2-5-10　〒101-8050

電話　【編集部】03-3230-6095

【読者係】03-3230-6080

【販売部】03-3230-6393（書店専用）

印　刷　中央精版印刷株式会社　株式会社美松堂

製　本　中央精版印刷株式会社

フォーマットデザイン　アリヤマデザインストア　　マークデザイン　居山浩二

ISBN978-4-08-745823-7 C0193